Rompre le charme

DU MÊME AUTEUR

Ma place sur la photo, *Grasset, 2004*
Chicken street, *Grasset, 2005 ; Points, 2006*
Le Vieux Juif blonde, *Grasset, 2006*
Thalasso, *L'avant-scène théâtre, 2007*
Madeleine, *Stock, 2007 ; Le Livre de poche, 2009*
Keith me, *Stock, 2008 ; Le Livre de poche, 2010*
Liberace, *Plon, 2010*
Les Terres saintes, *Stock, 2010 ; Le Livre de poche, 2011*

Amanda Sthers

Rompre le charme

roman

Stock

Couverture Hubert Michel
Photo auteur : © Romina Shama

ISBN 978-2-234-07168-1

À cause de toi Colombe… Merci

« Avant tout, nous nous débarrassons de nos fautes, nous nous débarrassons des chocs en retour que cela pourrait entraîner. Je ne suis pas le père mais le fils, pas l'aîné mais le cadet. Je vais prier au nom de tout le monde et pour cela je m'accuse de toutes mes fautes. Je me lave de tous reproches. Les reproches sont des chemins glissants : les ancêtres ne les empruntaient pas, les générations les évitent. Il faut les jeter au fil des fleuves, dans des paniers bien cousus, dans les forêts noires, sur des rochers immobiles, des rochers inébranlables, dans les endroits où aucun enfant ne puisse jouer, dans les lieux où personne ne passe. Ce sont eux qui supportent et digèrent les reproches. »

Invocation rituelle malgache « Sihanaka »

Maman tirait sur mon bras ce jour-là pour que je marche plus vite. D'habitude elle était douce. Il fallait qu'elle téléphone de la cabine. Elle devait parler à papa. On n'habitait pas loin, rue Poncelet c'était au bout de la rue, même avec mes petites jambes. Mais c'était urgent, fallait lui parler, là. On était à la Fnac, celle qui était avenue de Wagram avant que ça devienne un magasin de sport. Je n'achetais pas de disques puisque le premier c'est papa qui me l'a offert un peu après : un quarante-cinq tours d'*Every Kinda People* qui était aussi une musique de pub pour de la bière. C'est maman qui devait échanger quelque chose ou juste flâner. Je ne sais plus. Juste avant qu'elle se sente mal, qu'elle me presse pour qu'on aille à la cabine téléphonique. Elle a mis une pièce.

« Tout va bien ? » elle a dit. Ou quelque chose qui voulait dire ça.

Et puis elle est devenue blanche parce qu'il lui avait répondu que oui mais que ce serait bien qu'elle rentre. Vite.

Je ne me souviens plus après. Vraiment ce serait inventer les heures qui viennent. Quelque chose en moi s'en souvient. Mais c'est plâtré. C'est rien, ça n'a pas existé. J'avais six ans puis un peu plus. Entre les deux je ne sais plus. C'est comme, j'ai eu sept ans et brusquement douze ans. Il y a des blocs en réserve dans une sous-couche de mon cœur. C'est sur ces silences de ma mémoire que je suis devenue écrivain. Maintenant je le sais.

Les jours qui ont suivi cette scène, ma maman était morte. Il y avait une dame qui s'appelait Viviane comme elle. Qui me regardait. Nous faisait à dîner à moi et à ma sœur et mon frère. Une dame qui boutonnait nos pyjamas. Qui avait presque la même tête. La même odeur. Qu'on me désignait sous le nom de maman. Alors j'ai fait semblant de croire mais sa voix, je le sais, ce n'était pas celle de ma mère. La voix de ma maman elle est partie et ma maman aussi ce jour-là.

Comment la décrire ? Comment pourrais-je l'épier froidement, au scalpel, comme je sais faire, sans pitié. Alors que je n'ai que cela pour elle, de la compassion. Je la protège comme si elle était mon enfant depuis ce jour-là. Elle a tout d'une Parisienne snob. Pourtant elle est née dans la petite bourgeoisie brestoise et a passé son enfance à Madagascar. Elle vit désormais au 2, rue Théodore-de-Banville. Seule dans un deux cents mètres carrés haussmannien. Elle a du mal à payer le loyer mais elle ne veut pas vivre ailleurs, pas dans plus petit. Pas voir la réalité de son monde solitaire. Elle a des tableaux au mur. Plus de tableaux que de murs. Pas d'animal domestique. Un amant marié. Puis plus personne dans sa vie. Ensuite, un homme qui ne fait même pas de promesses. Un homme qui déçoit. Qui vit dans une autre ville. Qui n'a pas le temps. Qu'elle attend. Des crèmes antirides. Elle est très belle. Deux téléphones portables. Mais en vrai, elle est morte. Elle a un métier je crois mais un métier qui change. Elle fait des missions ponctuelles. Principalement elle parle, elle convainc des personnes pour d'autres personnes. De faire des choses ou de ne surtout rien faire. Elle est intelligente. Elle est bavarde. Elle parle beaucoup d'elle, elle a peur du silence quand on est deux. Elle a des rapports courtois avec moi, dit-elle aux autres sauf à Violette. À ma sœur elle dit que ce qu'elle ressent pour ses enfants c'est autrement plus fort que ce qu'elle ressent pour les miens. Ce n'est pas qu'elle le pense mais elle n'imagine pas que ma sœur aura l'indélicatesse de me le raconter en pinçant le sourire qui l'inonde. Donc elle dit comme si les mots ne pesaient rien, n'avaient pas de sens. Qu'il fallait juste prendre et s'en repaître et qu'il n'y avait rien après ni avant. Comme si nous étions des êtres libres. Elle ne sait pas qu'elle aussi, elle en est prisonnière.

Ce jour avec mes petites jambes, la cabine, mes six ans, c'est le jour du suicide de mon oncle Benoît. Il s'est tiré une balle dans la tête. Je ne connais pas le modèle du pistolet que j'imagine noir et pesant.

J'avais six ans, donc Violette quatre, et Noë encore un an et demi de moins. Parfois ma fausse maman m'a expliqué ce qu'elle ressentait avec la voix de la vraie. Juste comme ça à des tout petits moments où j'aurais voulu qu'elle m'embrasse. Mais la voix ne restait pas assez longtemps. Elle me disait : « La veille, Benoît a appelé. Il avait besoin de me raconter des tas de choses et je lui ai dit plus tard, je te rappelle c'est promis. J'ai les trois là. Je suis seule. Un dans le bain. L'autre qui court… Je suis désolée. Ça va ? Je te rappelle, j'entends rien… Et puis je me suis dit demain. Là j'ai pas le temps de parler, je vais dîner avec mon mari. Ensuite il a été trop tard. Le lendemain, je suis presque tombée dans les pommes, sûrement avec lui, j'ai senti une chose de moi qui partait. Et puis quand j'ai voulu appeler dans la cabine, ça sonnait occupé. Alors j'ai appelé ton père et j'ai su dans sa voix. J'ai su. »

Moi je ne me souviens pas du premier appel. Je ne me souviens pas qu'elle ait attendu, qu'on ne lui ait pas répondu. Je voyais le monde au niveau de son ventre vers six ans. Mes oreilles étaient loin du combiné. Ma conscience était loin de la vie. Jusqu'à ce moment-là. Jusqu'au retour que j'ai oublié dans ce grand appartement dont je me souviens parfaitement.

On nous a réunis dans la cuisine. Une grande cuisine blanche en Formica. Un vaisselier vert. Un téléphone accroché au mur au-dessus du radiateur. Ces vieux téléphones gris avec des chiffres qui tournent et qu'on suit du doigt. Une table ronde en marbre. La fenêtre donne sur la cour carrée. Je vois un bout du ciel. Mes pieds ne touchent pas le sol. Mes jambes se balancent. Ça les agace. C'était des jours après je crois. Peut-être en partant à l'enterrement ? Ils ont dû nous dire vous avez remarqué que maman est triste en ce moment… C'est parce que… Et là ils nous ont annoncé que Benoît avait eu un accident de voiture. On a posé des questions. Les enfants ça pose des questions. Et grandir c'est se taire. Et vous avez tenu à répondre à ces questions mais rien n'allait. On avait six, quatre et deux ans et demi et on savait qu'on nous mentait.

Je ne sais pas en quelle saison nous étions. Absolument pas. J'imagine au printemps. Pourtant mamie est triste vers l'automne souvent alors ça doit plutôt être ça. J'en sais rien. J'imagine que les gens meurent plus quand il fait chaud. Que c'est un temps écœurant, gerbatoire. Qu'on se hait. Qu'on ne se sent protégé de rien. Que la peau est exposée à la vie. Qu'on sent sa propre odeur. Qu'on a le sexe dressé. Qu'on se dégoûte. Pourtant je ne suis allée que dans des enterrements où j'ai caillé. Faudrait que je demande. Mais j'ai peur d'éveiller les soupçons. De dire que je vais me fâcher avec tout le monde. Que ça y est, je le lâche ce livre qui m'attend. Que je vais essayer de sauver maman, ou de la foutre sous terre. J'ai peur de m'avouer que je suis un assassin. Sous cette foutue trempe d'écrivain, je ne suis qu'une vulgaire tortionnaire. Il vaut mieux retrouver, inventer, surtout ne rien leur dire. Me voilà qui tourne autour de la carcasse de ma mère, sa dépouille invisible. Puisqu'elle est bien en vie, puisqu'elle est belle, puisque les hommes la regardent dans la rue. Je tourne autour de celle qu'elle a laissée, que j'aimais tant, ma maman, ma chère maman.

Benoît avait une vingtaine d'années. Il était séduisant. Brun, les yeux clairs. La fratrie est belle. Mes oncles, maman, ils portent sur le visage cette mélancolie bretonne, les cheveux constellés de mèches de lumière, les yeux très clairs. Benoît était grand, mince. Je me rappelle son sourire. Je me souviens d'un être heureux. Heureux à en pleurer, à en crever. Le sourire était frondeur. Il serrait sûrement les dents et moi j'ai cru qu'elles se découvraient pour dire sa joie. Pourtant sous le sourire de maman j'ai toujours démasqué son chagrin. Je ne sais pourquoi lui me bernait. On m'a toujours dit qu'il m'adorait. Peut-être en ma présence éprouvait-il un vrai plaisir ? Et sans doute aurait-il fallu que je ne le quitte pas. Comme un doudou. Comme Jiminy Cricket. On ne se flingue pas devant un enfant de six ans.

Les cheveux de ma maman d'avant étaient auburn et doux. Les siens sont roux, orangés, rouges. Cette teinture tant utilisée qu'elle semble devenue une couleur officielle. Pas vraiment roux. Pas vraiment punk. Cette couleur-là. Comme Madagascar : l'île rouge sur laquelle ma mère Viviane a grandi. Viviane dit qu'elle n'est pas « devenue » rousse, qu'elle est née comme ça et qu'elle a voulu redevenir comme avant. Avant quoi ? Avant quand elle était une enfant. Avant que Benoît ne meure. Elle n'aurait pas à souffrir de sa mort si on faisait comme s'il n'était jamais né. Avant nous aussi. Comme si elle était juste une femme et pas une mère. Comme si elle ne devait rien à la vie. Avant mon père. Avant de l'aimer, de le rencontrer. Elle l'a quitté peu de temps après la mort de Benoît d'ailleurs avec ses cheveux devenus roux et sans nous. Du sang plein la tête, ça voulait dire ça. Elle n'avait pas d'argent, pas de métier pour nous prendre tout de suite.

Je pense que c'est parce que mon père n'a pas sauvé Benoît qu'ils ont divorcé un an après. Ce qui fait de nous des enfants médicaments. On était tous là pour guérir Benoît. Et en fait au lieu de nous donner le bain et de s'occuper de nous, comme des suppositoires qu'on garde au frais, elle aurait mieux fait de répondre au téléphone. De lui parler à son frère. Son demi-frère. Elle est fille unique. Elle a des demi-frères et sœurs. Elle n'a pas atteint le degré d'amour supérieur. Celui qu'on ressent pour un frère. Un vrai. Pour une sœur du même ventre et du même sperme. Elle n'a eu qu'une demi-douleur. Si mon frère mourait, une nouvelle couleur de cheveux et une anesthésie de la vraie moi n'y suffiraient pas. Je mourrais pour de bon. Pas à demi.

Quand la fausse maman a quitté papa, elle s'est habillée à la mode. C'était le début des années quatre-vingt. Les femmes portaient du cuir, des épaulettes et les cheveux gonflés. Il fallait qu'on les remarque. Surtout celles qui comme Viviane avant étaient douces et soumises. Elle a laissé ses robes en coton et ses gilets à la maison avec son ancienne peau et elle a opéré sa mue. Je voyais bien que ça clochait. C'était un déguisement. Une panoplie de femme forte, libre. Les vêtements fluo, les talons aiguilles. Le maquillage outrancier. Le brushing *Dallas*. Je me souviens particulièrement d'un ensemble en cuir rouge. C'est celui qu'elle portait un jour devant l'école bilingue quand ils se sont battus avec papa devant toute la classe. Toute l'école. C'était à côté des grilles du parc Monceau et ils ne s'étaient pas mis d'accord ou l'un des deux avait confondu son jour de garde. Chacun gueulait que c'était son tour. Ils nous tiraient d'un côté puis de l'autre. Maman en cuir rouge, sortie d'un clip de Michael Jackson, papa avec son costume froissé de psy plaqué. Il tentait de trouver celle qu'il avait aimée cachée dans la femme pourpre. Rouge de colère et d'habits. Il ne pouvait se résoudre à laisser partir ses enfants avec elle. Il existait une autre femme ailleurs qui nous avait portés et l'avait aimé. Il tirait, ne lâchait pas prise. Elle avait besoin de nous mais nous n'étions pas des Kleenex, pas des corps à serrer pour se consoler. J'avais honte. Les cris. La scène devant l'école. J'étais la seule de la classe avec des parents séparés. Certaines mamans me regardaient avec pitié et je leur en voulais. D'autres éloignaient leurs enfants comme si j'étais contagieuse. Mais le combat de mes parents continuait comme s'il n'y avait personne autour. Comme quand on s'embrasse au milieu d'une foule, quand on est si amoureux que rien n'existe. Eux déchiraient leurs baisers en tirant fort d'un côté et de l'autre les corps de leurs enfants. Nous étions des lèvres séparées. Des corps violés, écartelés. Pourtant un patient de papa lui avait peint un tableau du jugement du roi Salomon. Son deuxième prénom. Sur cette toile, il incarnait le roi juste qui comprend l'amour, pas l'amour de soi mais le vrai amour, celui qui veut qu'on laisse les êtres s'en aller parfois. Il ne voulait ni lâcher Viviane ni nos trois petites mains. Et maman ne voulait pas perdre les petits bouts de chair qui lui restaient. Elle venait juste d'enterrer son frère. Je regardais sa peine, ce n'était pas ma mère mais c'était une femme qui me touchait. Et papa, j'ai toujours eu peur qu'il ne m'admire pas. Alors je n'ai pas fait un pas, ni dans un sens ni dans l'autre. J'ai baissé la tête et j'ai attendu que ça passe. Mais rien n'est jamais passé.

Dans le désordre, un an après je dormais dans le petit appartement de maman rue des Dames-Augustines à Neuilly. C'est une idée qui arrive dans le désordre, je ne dormais pas dans le désordre, je dormais dans son tee-shirt du Boy's qui m'arrivait aux pieds. C'est son ami Georges qui me l'avait donné. Un copain gay qui avait le sida et l'emmenait danser dans la boîte mythique qui précédait le Queen. Elle était en âge de s'amuser, en âge d'aimer. Sûrement elle l'a fait.

Georges chantait *Grease* et dansait comme Newton-John.

Dans le désordre toujours, dans le sien cette fois, elle m'a dit : J'ai sans doute épousé ton père pour qu'il guérisse Benoît tu sais, la première fois qu'il est venu à la maison, il m'a dit ton frère est schizophrène, il va se suicider. Sûrement je l'avais toujours su. Alors je me suis dit que lui, ce jeune psychiatre brillant, il le sauverait.

Dans le désordre aussi. Mon plus jeune oncle n'accepte pas que Benoît se soit tué. Il dit : C'était un accident ! La balle est partie seule dans sa tempe, il s'amusait avec ce pistolet comme un jeune cow-boy. Il était tête brûlée. C'était la roulette russe sans doute. Ce n'était pas un vrai suicide. Il ne voulait pas mourir. Il voulait jouer. Comme on saute tout habillé dans une piscine pour faire chier ses parents. Et on regrette mais trop tard, juste quand on sent l'eau glacée nous envelopper partout.

Mon plus jeune oncle c'était Benoît. Maintenant c'est Denis. D'habitude la vie nous fait monter en grade avec une naissance, on est poussé vers l'avant. Avec la mort d'un aîné, comme il se doit, on fait quelques pas de plus vers le précipice.

Benoît a fait un mouvement interdit sur le grand échiquier. Pour ne pas qu'il soit hors jeu et pour ne pas mourir de chagrin mamie pense aussi que c'est un accident. Un drame banal. Pas un vrai. Elle dit qu'il est au paradis, que tout va bien. Jamais il n'aurait pu se tuer exprès. Le mot suicide est interdit.

Maman en reculant son pion d'une case a dû se sentir jeune. Elle a aussi fait un déplacement sur le côté et brisé son alliance. Le premier souvenir que j'ai d'une famille sans elle, c'est un feu d'artifice du nouvel an. J'ai demandé où elle était. Papa a dit qu'elle avait peur des feux d'artifice de toute façon. C'est vrai, elle a peur depuis la naissance de Benoît. Ils ont attendu seuls au milieu des coups de feu avec ses frères dans leur maison en Algérie. Et elle a toujours la frousse même si Benoît n'est plus là, que Madagascar puis Brest ont chassé l'Algérie. À Madagascar, la femme qui quitte le domicile conjugal pour retourner vivre dans sa famille, on l'appelle *vavimsintaka*. Papi Joe t'avait rappelé ça dans une tentative désespérée pour que tu reviennes à la maison.

Même si elle part, la *vavimsintaka* doit passer la nuit du *Fandroana*, le nouvel an, avec son mari. C'est très important. Si on ne fait pas cela, on prend le risque que les esprits s'abattent sur nous ! Il avait dit ça en riant parce qu'il ne restait plus que ça à invoquer : les esprits. Mais on a fait Noël chez maman et le nouvel an chez papa. Le divorce a été prononcé. Les esprits ont dû se régaler à nous pourrir les années à venir. Le nouvel an malgache c'est en mars mais je pense que ça compte quand même. Le calendrier malgache est réglé sur les astres. La notion de l'espace-temps est pour eux intimement nouée au fil du destin. Au matin de la fête de la nouvelle année, ils tuent un bœuf et en dégustent la viande fraîche pendant la soirée, cuisinée avec une viande sacrée séchée : le *jaka*. Le vieux et le neuf. Ça symbolise le lien entre les vivants et les morts. Les ancêtres vous bénissent alors et vous permettent de passer une année de paix. Si on veut intégrer quelqu'un à la famille, c'est le moment. Le *jaka* signifie l'alliance et le droit de venir partager un même tombeau. J'ai lu tout cela mais je ne sais pas ce que j'ai choisi de ne pas croire. Je fais le tri selon mes trouilles du moment. J'ai été bercée de préceptes religieux, chrétiens, juifs. Si je les avais tous appliqués, sans doute n'aurais-je rien compris au monde qui m'entoure et j'aurais moins souffert. Il y a les religions qu'on nous lègue, celles qu'on refabrique comme les souvenirs. Il y a autant de religions que de familles. On fait un tri sélectif. Nos croyances sont aussi le legs de la série d'inconscients et de névroses qui nous ont précédés. Il y a une chose qu'on se raconte dans cette famille, entre cousins. Comme les légendes urbaines : Benoît, une semaine avant son suicide, avait assisté à un grave accident sur l'autoroute. Il était sur sa moto. Il s'est garé et il a sorti une jeune femme en sang de la carcasse fumante de sa voiture cabossée. Il l'a prise dans ses bras et il est tombé amoureux d'elle. Il le lui a dit en lui caressant les cheveux, il lui a demandé de vivre en attendant les secours. Elle lui a souri. Les sirènes ont retenti. Elle est morte dans ses bras. Il a dit à maman qu'il voulait la rejoindre.

Benoît était venu en Israël chez mémé. Un été à Netanya. Je ne l'ai jamais avoué mais il me faisait peur. Il escaladait les murs de la maison pour arriver au deuxième étage de notre immeuble miteux par la terrasse. Je regardais à travers les trous que je faisais entre mes doigts tandis que mes mains disposées malhabilement étaient censées indiquer mon effroi. Sourire. Gosse de cinq ans. J'ai toujours vu des fous. J'ouvrais la porte aux patients de papa. Toute notre famille est zinzin. Sûrement dans le miroir, il y a un peu de ça aussi. On se reconnaît. On s'effraie. On n'aime pas être entre nous. Je dis ça pour frimer mais je ne suis pas cinglée, pas même un peu. Tu le sais bien. J'ai des grosses cuisses mais je suis équilibrée. J'ai vu une femme acupuncteur, Monique. Une Malgache comme toi. Elle m'a planté des aiguilles partout dans le corps et plusieurs dans le crâne dont une qui m'a fait un mal de chien. Et elle m'a dit « le haut des cuisses, c'est la famille. » Si je ne me débarrasse pas de ce poids dans mon cœur, je ne perdrai pas ces putains de cuisses. Vous pesez des tonnes sur moi, toi et mon ancienne mère et vos secrets.

Aujourd'hui, j'ai l'âge que ma mère avait dans cette cabine téléphonique, mon fils aîné a six ans et j'ai peur que mon frère meure. Noë est musicien. Il a joué longtemps dans l'orchestre national de Lille. Loin de la maison. À distance d'une quelconque famille. À ce moment-là, il était heureux. Le violon a été son refuge très tôt. Il refusait de jouer pendant les dîners de famille, il n'a pas fait le singe savant, jamais cédé à nos lubies. Beaucoup ont donc été surpris de savoir qu'il avait un tel niveau quand il a décroché un premier prix de conservatoire et qu'il a tout quitté pour vivre sa passion. Il avait dix-sept ans.

Je trouve que le violon ressemble à la voix de maman. Dans sa famille d'instruments, il est le plus petit avec la tessiture la plus aiguë. Noë jouait donc de la voix de maman et nous permettait de l'avoir à la maison même quand nous étions avec papa. Il fait partie des rares violonistes à poser son violon sur la clavicule droite et à jouer à l'envers.

À Lille, il a fêté ses dix-huit ans dans le corps d'Eva, une violoncelliste au visage d'ange. L'année d'après ils intégraient un quatuor. Eva a vite sympathisé avec ses nouveaux camarades et a fait vibrer ses cordes vocales sous les doigts du contrebassiste puis de l'alto. L'archet de Noë se fit de plus en plus traînant. Il aimait le charmant premier concerto de Bach, il se mit à jouer les partitions les plus sombres de Mendelssohn. Durant un an, Noë arpenta les capitales en espérant qu'Eva se rende à la raison : l'amour qu'ils avaient connu. Mais Eva n'était pas amoureuse de lui. Ma sœur et moi on l'aurait baffée cette conne qui n'était finalement pas si jolie. Le quatuor triomphait. Surtout parce qu'on parlait de Noë. Les critiques étaient dithyrambiques. Vibrato alésé. Cantabile virtuose. Mon frère jouait pour impressionner Eva. Au lieu de ça, elle fut jalouse des louanges qui pleuvaient sur Noë et ce talent qui devait l'embellir à ses yeux finit de l'achever.

Un jour Noë est rentré chez maman. Il a repris sa chambre d'adolescent, n'a pas pris le soin de retirer les posters de Michael Jackson qui décoraient encore son mur et a rangé son violon dans une cachette qu'il dit avoir oubliée.

Personne ne lui a posé les vraies questions. On l'a laissé faire machine arrière plutôt que de risquer qu'il prenne la suite de sa vie et qu'elle s'arrête trop tôt. Ses lunettes ont l'air petites pour son visage qui grossit. Il ne jette rien. Il dort la journée. Il reçoit des amis mariés pour jouer à la console. Il fume du shit. Il respire mal. Il dit qu'il fait de l'asthme. Il dit que c'est toujours complet chez le médecin, que c'est une arnaque. Il faudrait le bousculer et j'ai peur. Il échafaude des théories sur le monde, sur la possibilité qu'un jeûne collectif nous fasse entrevoir Dieu, sur des complots dans les hautes sphères de l'État, il méprise l'amour. Il écoute des heures durant de la musique contemporaine, conspuant tout ce qui est « commercial ». Il passe de longs moments en peignoir. Viviane lui fait à manger et l'approuve.

L'ami Georges est mort du sida. C'étaient les années quatre-vingt. J'aurai voulu garder ce tee-shirt du Boy's, il était très doux et il avait un col tunisien. Je grandissais dedans et j'ai imaginé plusieurs fois mes seins arriver dessous. Il a disparu.

Mamma veut dire « sein » en grec, les miens ont poussé. Le tee-shirt n'a pas pu suivre. Ce n'est pas un tee-shirt de mère. À quel âge on peut être mère ? C'est le corps qui donne le signal ? Moi c'est arrivé tard. J'ai grandi comme une tige androgyne. J'ai appris à séduire avec mon esprit, comme un homme car je n'avais aucun atout.

Et puis voilà, bam, ça a poussé. Et je ne sais pas comment faire avec. Viviane n'a pas de poitrine. Parfois elle pense à la faire refaire mais la vie lui a retiré aussi son attribut de mère. Paraît qu'ils ont fondu tout seuls sans crier gare. Elle voulait danser. Je comprends. Un mois avant la mort de Benoît, elle avait mis la musique à fond et elle gesticulait sur le capot de la voiture avec lui. Mon père leur a dit que c'était ridicule.

Quand Benoît est mort, elle a eu besoin de rire, de sortir en boîte, de s'amuser. Elle avait une envie folle d'être en vie ! « Ton père ne comprenait pas ça. » Papa ne voulait peut-être pas danser avec elle après la mort de Benoît parce qu'il savait qu'elle était un mensonge et que sa femme était morte, elle aussi. Moi non plus jusqu'à maintenant je n'acceptais pas l'idée de ma mère en boîte. Je trouve qu'elle a l'air d'avoir mille ans quand elle danse. Je l'aimais auburn et timide. Pas avec les cheveux rouges et du cuir. On est une vieille dame pour ses enfants. Elle me semble jeune maintenant que je commence à ne plus l'être vraiment.

Je n'ai jamais écrit sur elle. Il n'y a pas d'ombre maternelle dans mes livres, certains portraits plein pot d'hommes que j'ai aimés. Mon père aussi une ligne sur deux. Pas ma mère. Ni elle, ni l'autre. Elles sont absentes de mes écrits. Pour la rassurer je lui ai dit mille fois que je n'avais aucun problème avec elle, que j'en voulais à mon père, que c'était une bonne maman. Rien à dire sur les gens qui nous ont fait du bien. C'est injuste mais c'est ainsi. Tu comprends maman ? C'est comme en amour, on aime mieux ceux qui nous font du chagrin. J'ai trouvé des tas de phrases pour ne pas t'avouer que tu étais morte. Des tas de phrases en l'air mais rien d'encre, rien de papier, rien qui fixe comme une pierre tombale.

Avec ce livre, je me dis que les graves de sa voix vont revenir et son visage aussi. Je me dis que ce roman c'est comme des lunettes et que la vie redeviendra comme avant quand il sera assez épais pour que je monte dessus et que je voie toute cette histoire d'en haut avec le grand rire d'une petite fille de six ans qui a peut-être tout inventé. Chaque page sera un pansement qui désinfecte, qui lui fera mal au début puis qui la ressuscitera. Ou je me dis qu'elle en mourra pour de bon. Je voudrais retrouver ma mère ou la perdre. Je ne veux plus faire semblant de croire en ma fausse maman.

Je peux brûler les premières pages, ne plus avoir six ans, jamais. Mais Viviane s'est absentée d'elle-même. Personne d'autre que moi ne peut savoir la chair qu'elle a déguisée autour de son chagrin. Pour nous, pour rester même un peu. Je la remercie de ça.

Mais il faut bien que le pus sorte. Sinon un autre membre de la famille sera amputé. Ce ne sera ni mon frère ni mes enfants. Je me bats à coups de plume contre le poids des silences maudits.

Ça a commencé par magie. La nuit. L'insomnie ne s'est pas déclarée tout de suite. Ça a été un épisode puis un autre. Je m'endormais, le rêve me réveillait et je ne pouvais pas espérer fermer l'œil à nouveau. La fatigue avait laissé sa place à la peur.

C'est Benoît qui avait froid dans mon rêve. Le même chaque nuit depuis quelques semaines. Des bruits stridents et son visage. Pas celui des photos. Un qui devait être caché dans mon inconscient. Sa face de vivant.

Nous jouons. Les choses sont ralenties et molles. C'est nauséeux. Une sensation de maladie, de fièvre. La vie est lente et en dedans une chose est cassée. Il faut qu'elle sorte.

Il me dit clairement : « Amanda, j'ai froid. Que vas-tu faire pour moi ? » Et cette question m'accompagne dans la journée. Elle m'agace comme un courant d'air. J'entends sa voix derrière la mienne, quand je réponds aux questions, quand le départ du métro est sonné, quand je borde mes enfants, quand je cours, quand j'écris.

À force de faire ce rêve, c'est devenu un cauchemar et je traîne un rhume. Benoît est mon gardien de nuit. Je suis prisonnière de l'éveil. Si je faiblis, il me réveille en sursaut, statufiée.

On est en été, je dors avec une couette mais je sors de mon lit avec des bras glacials.

« Que vas-tu faire pour moi ? »

Ce que je vais faire pour lui, c'est le faire taire dans ma tête à coups de somnifères. Tenter un repos dénué de songes ou du moins de souvenirs. Que puis-je pour le réchauffer ? Fallait pas l'enterrer en Bretagne. Et je ne sais rien faire d'autre qu'écrire. Le sommeil m'a quittée. Une chose en moi a peur. Je me lève quand la maison respire doucement, quand les voitures se font rares. Je m'assieds dans la cuisine. Je griffonne les mots qui me choisissent. Où que je sois assise depuis que j'ai commencé ce livre, je me retrouve lovée en position fœtale. Toutes mes articulations souffrent dans les heures qui viennent, j'ai du mal à marcher. Je me recroqueville, je me plie. J'écris en boule. Je vais voir l'acupunctrice malgache. Elle pique ma tête. Une aiguille juste au-dessus de mes yeux. Les pieds, les genoux. Pas beaucoup parce que j'ai mal. Je crie. Quand les aiguilles sont en dedans, j'imagine que mon sang est noir, épais, coagulé, comme celui de mon poney quand on lui faisait des saignées au-dessus du seau en plastique et que j'allais le balancer loin pour ne pas attirer les mouches à la maison. Je sens les aiguilles, puis plus. Et j'attends. C'est la sensation des longues journées en mer. Quand on partait avec Papi Joe plusieurs jours loin de tout. L'excitation des premières heures laissait la place à un silence fatigué, et le jour n'en finissait pas de tomber. Le clapotis des vagues chassait la trotteuse. On était bien. Invincibles. Il faudrait aller à Madagascar avec toi, Viviane. Là où tu n'as pas porté de chaussures, où tu étais la seule Blanche de ta classe, là où tu étais heureuse. Là où mon faux défunt grand-père aimé a demandé en pleine nuit armé de son fusil : Qui est là ?, et qu'une voix douce a répondu : C'est le voleur, c'est le voleur, ne tirez pas.

Je me suis longtemps raconté que Benoît était né là-bas. Je trouvais ça mieux. Ça avait un sens.

Ça faisait tenir l'absurde debout. J'imagine qu'on a plus de chances de devenir schizophrène quand on naît ailleurs que prévu, dans un autre monde, qu'on se sent différent du reste de la famille. C'est sans doute vrai.

Benoît est né en Algérie. En pleine guerre. À l'heure du couvre-feu. Des motards ont escorté mamie à l'hôpital. Maman a dit au revoir aux deux fennecs qu'elle avait pour animaux de compagnie. Chez la voisine, les mêmes petits renards des sables avaient bouffé le nouveau-né à peine rentré de la clinique. Benoît a pris la place des renards des sables. L'année d'après la famille a échappé à un attentat et regagné Brest. Puis ce fut Madagascar. En trois ans, Benoît a dû s'adapter à trois mondes. Moi qui suis l'aînée, je me demande ce qu'on ressent quand on est au bout de la branche. Benoît devait se sentir seul. Il a attendu que maman et tous leurs frères quittent la maison pour s'y tuer. Ils auraient dû être deux. Il y avait un Benoît de rechange. Son jumeau est mort-né. Benoît a bouffé pour deux. Il est sorti vigoureux en compagnie d'un cadavre de bébé. Il en a peut-être embarqué un bout d'âme et ça l'a rendu schizophrène.

Je n'ai appris cela que tardivement. Quand j'ai écrit une bio sur le pianiste Liberace qui me fascinait sans trop que je sache pourquoi. Viviane m'a dit : Il y avait un jumeau mort-né comme Benoît et puis comme lui il luttait entre son homosexualité et le catholicisme pesant de sa mère. Deux choses que j'ignorais.

Benoît était toujours dans les bras de mamie. Il avait une hernie et ne devait pas pleurer de peur que ça s'aggrave.

J'invite Viviane au restaurant. Je me sens coupable. Je lui vole tout. Chacune de ses phrases déroule une bobine d'idées. Elle est de la matière pour l'écrivain. Plus ma seconde mère. Pas toujours. Mais un peu. Et je m'en veux, maman. Tu me racontes l'arrivée à Mada. Tuléar, la brousse. Et les images te reviennent, des choses que tu pensais oubliées. La classe unique de primaire avec plus de cinquante élèves. Vous allez à l'école en minibus ou en pousse-pousse. À peine arrivés, il faut prier. Puis c'est la séance quotidienne de Nivaquine, un antipaludéen puissant au goût infect. Les mains dans le dos, la langue tirée on vous colle ça dans la bouche et avec un petit verre d'eau vous tentez d'avaler le cachet au plus vite dans vos gorges d'enfants. Se dépêcher car c'est amer et ça flanque la nausée. Toute la classe boit dans le même verre jaune pipi. Tes souvenirs se bousculent par touches et se recomposent comme la vue après un flash puissant. Un bout d'image puis un autre.

L'après-midi il fait trop chaud pour travailler. Vous priez une dernière fois dans la classe et vous rentrez jouer. Le climat tropical rend tout humide et lent. Vous chassez les rats qui vivent dans les troncs creux des papayers. Vous êtes des Indiens, des cow-boys, et toi la seule fille tu refuses d'être une princesse, tu veux te battre aussi. Pour montrer ta bravoure tu secoues les arbres pleins d'araignées géantes. Elles sont très noires, leurs œufs jaunes sur le ventre et il faut vite les écraser avant de se faire piquer. Benoît trouve ça beau. Il regrette de ne pas les manger avant qu'on les piétine.

Vous avez la cruauté des enfants, vous ne prêtez pas de valeur à la vie.

Quand vous passez des vacances à Nosy Be, vous enterrez les coquillages encore vivants pour qu'ils meurent. Une fois vidés ils font partie de votre collection. D'ailleurs la mort n'a pas le même sens sur cette île. La première fois que tu vois un cercueil, tu es à Sainte-Marie. La famille du défunt lui offre un tour de l'île. C'est bien que rien ne s'arrête vraiment dois-tu penser. Il y a peu d'activités culturelles et le monde qui vous entoure a plus de force que la radio, seule porte sur l'ailleurs, sur la vie qui vous attend.

« Salut les copains » est rediffusé avec une semaine de décalage. Sylvie et Johnny se marient. Vous ne connaissez que leur voix et les cris des fans qui témoignent d'une aura que vous supposez.

Quand vous grandissez, vous allez à Tananarive, la capitale. « Tana », disent les Malgaches. Benoît a cinq ans. L'âge auquel Freud nous dit construits. Il est imprégné des valeurs du monde qu'il devra oublier. Un jour vous vous cachez tous les deux dans l'église de Faravohitra, le curé est exorciste. Une femme hurle, possédée par le diable. Le curé l'asperge d'eau bénite et prie, secoué de transes aussi. Tu n'as pas besoin de mettre la main devant la bouche de Benoît, il se tait et se pisse dessus. Quand à l'hôpital psychiatrique il croisera des hystériques, il pensera que le curé aurait pu les sauver. À Mada on parle souvent d'envoûtement ; on est *fanafoudé*. Il y a des plantes curatives mais les sorciers savent aussi s'en servir pour détruire. Le *mosane* peut être dangereux : c'est le sorcier et il y en a autant que de médecins en Europe. Parfois avec malice tu me dis : Si un jour quelqu'un est méchant avec toi, on ira voir un sorcier malgache. Ils connaissent des poisons indétectables à l'autopsie.

Quand tu évoques Madagascar, tu es intarissable. Tu ne m'as jamais parlé comme ça d'un homme.

Je voulais te demander ce voyage dans le pays de ton enfance et c'est toi qui l'as fait. Je crois que c'est toi Viviane. Je sais que je piège les gens. Que je leur suggère. Pardon maman si je t'ai poussée à en avoir l'idée. Pardon, c'est ce qui me fait. C'est aussi ce dont tu es fière, qui me fait soi-disant exister bien plus que les autres. Souffrir en vrai, avoir la chair plus tendre. Méfions-nous de la saison des pluies mais, oui, je pense que nous pourrions partir toutes les deux. Violette vient d'avoir un bébé, Noë qui ne fait rien est forcément débordé par son vide. Reste moi. Expliquer aux enfants, c'est juste pour une semaine. C'est là que mamie Viviane a vécu jusqu'à ses douze ans. Je ferai des photos de lémuriens. C'est promis.

Il y a là-bas l'allée des baobabs. Des kilomètres à perte de vue avec ces arbres lunaires qui piquent le ciel bleu. Je dis dans des dîners que je rêve de les voir. Mais la réalité me déçoit toujours. J'ai vu des photos qui me laissent tellement mieux imaginer.

Il y a des milliers de sujets. Si tu ne me laisses pas écrire ce livre, il n'y aura qu'à en choper un autre penses-tu. Mais ce ne sont pas les écrivains qui sélectionnent leurs sujets, ce sont eux qui s'emparent de nous. Je voulais écrire sur le Christ. Pourquoi pas moi ? Pourquoi la Bible et pas moi ? Puisqu'elle a un siècle de plus que Jésus. Puisqu'elle ne parle pas sa langue ni celle des apôtres. Puisque les écrits sont des réinterprétations. Tout ce qui est pris pour une vérité historique par les chercheurs ce sont les détails négatifs. Les fois où Jésus n'est pas à son avantage. Soudain ça semble vrai. On appelle cela le réalisme pessimiste. Les Évangiles ont été rédigés comme des professions de foi et non comme un inventaire de faits. La réalité joue une place secondaire, seule compte la transmission de la foi, de la prophétie. Voilà, je voudrais écrire l'Évangile de notre famille. Kermode pensait que l'évangile selon Marc était un texte dont le secret était le secret de son personnage, le Christ garde un mystère qu'on ne pourra jamais percer. Qu'est-ce que la mort de Benoît ? Son secret et ceux qu'il a engendrés. Un drame fracasse toujours la vérité en mille morceaux contradictoires. Mamie qui était déjà croyante s'est assommée de bondieuseries. Pas un jour sans aller à l'église. C'est plus doux j'imagine de courber l'échine, de trouver des raisons qui n'ont pas de contours que d'en vouloir à la vie de ne pas avoir de sens. Papi Joe en revanche détestait ça. Violette, Noë et moi, on s'est payé un fou rire à l'église pour son enterrement. Pas seulement parce que le prêtre avait un défaut de prononciation. Pour honorer Papi Joe sans doute. C'est mamie qui s'offrait sa petite cérémonie, son heure de gloire à la paroisse, celle qui souffrait sans cesse. Une vraie martyre mamie, et là, c'était indéniable. Toi, quand je t'ai parlé de mon roman sur le Christ, tu m'as demandé pour la centième fois pourquoi je n'écrirais pas sur le retournement des morts plutôt. Tu m'as même offert un livre dessus : le *famadihana*.

Tu y as assisté quand tu étais petite et ça t'a marquée. Pour les Malgaches, même si le corps d'un être est dans la tombe, son esprit reste vivant et flotte parmi nous. Certaines personnes aux pouvoirs de médium peuvent communiquer avec lui. Pour donner l'ordre de procéder au *famadihana*, les esprits disent aux médiums qu'ils ont froid. La trouille me secoue l'échine. J'ai peur que Benoît te demande en entier dans mes rêves givrés, comme une couverture de peau.

Quand le signal du retournement est donné, on organise une grande fête qui dure toute la nuit. D'abord, on sort du caveau le corps ou ce qu'il en reste. J'ai regardé sur YouTube. Ce n'est pas exactement comme maman me l'avait raconté, soit parce que j'étais petite quand elle m'en parlait, soit parce que Viviane n'était qu'une enfant quand elle y a assisté. Ils enlèvent les pierres qui obstruent l'entrée du cercueil, puis ils sortent des ossements pourris, enveloppés comme les sarcophages des Égyptiens. Il faut changer le *lamba* du mort, ce costume traditionnel que maman m'avait fait faire quand j'étais petite. Changer aussi la natte qui entoure son corps. Le *famadihana* c'est entre juillet et septembre. C'est bien, c'est pour la rentrée littéraire. Je peux moi aussi piller les vêtements d'un défunt que nous avons aimé et les photographier de toutes parts sous l'éclairage que je veux. C'est aussi la résurrection de Jésus. C'est un peu de tout ça. J'en ai le droit, j'ai rêvé de Benoît et même s'il est mort jeune c'est un *razana* : un ancêtre. C'est lui qui nous protège avec Mamgoz et la tortue Gouestadic et tous les morts de cette putain de famille qui meurt trop. Et il est venu à moi, me dire qu'il avait froid. Il faut donc prendre soin de ses restes, surtout l'hiver car il risque d'avoir froid si son linceul est déchiré. Laissez-moi lui en tricoter un de jolis mots. Je vous jure ça ne l'écorchera pas. Et même si c'est violent, je saurai trouver une émotion, comme on taille des éphèbes dans la pierre. À Madagascar, si on n'écoute pas les rêves alors on tranche la réalité, on lui balance des coups de lame. Un malheur pourrait arriver ou frapper la famille si on ne procède pas au retournement des morts. Cela fait sept fois que je rêve de Benoît frigorifié, qu'il me demande ce que je vais faire pour lui. On marque la communion avec les ancêtres en faisant sept fois le tour du tombeau en dansant. Exactement sept tours, car le chiffre sept est un chiffre sacré. Sept ans comme les années qui séparent maman de Benoît et maman de papa. Et durant les sept tours du tombeau, il faut également porter sur nos épaules les corps des défunts exhumés tout en dansant. Après ces rites, les corps sont remis à leur place dans le tombeau familial et les *zana-drazana* demandent à leurs ancêtres joie et prospérité. C'est une fête, malgré la puanteur des corps qui ont pourri, c'est une fête et on danse et on crie, ceux qui ne peuvent retenir leurs larmes doivent se cacher. C'est une honte de chialer.

Papa n'a pas compris qu'elle dansait, qu'elle s'étourdissait de nuit, comme on rentre en religion. Elle accomplissait les rites mortuaires malgaches. Ceux qu'on lui avait enseignés à l'âge où on se lance dans la vie. Elle ne cessait de s'accrocher à son enfance. Elle allait faire la fête pour célébrer l'esprit de son frère, la vie qui se prolongeait ailleurs. Tu buvais du champagne maman ? Je ne sais pas ce que tu pouvais commander au Boy's. Je ne t'ai jamais vue boire d'alcools forts. Moi qui carbure à la vodka, qui me retiens sans cesse de ne pas sombrer dans l'alcoolisme tant j'aime cette sensation de fuite. Tu prenais quoi ? De la vodka orange ? Du whisky de boîte dégueulasse avec du coca ? Il y avait une boisson à la mode à l'époque qui te servait de *vary be menaka* ? Ce breuvage qu'on sert à tous lors du *famadihana*, pour qu'ils dansent, qu'ils s'étourdissent, qu'ils se mettent en transe, qu'ils donnent chaud aux cadavres qui cessent de se plaindre dans leurs rêves. Après les enterrements malgaches, pour rentrer chez soi, il ne faut pas hésiter à faire des détours. Pour que la mort ne retrouve pas le chemin de la maison au cas où il lui prenne la fantaisie de vouloir revenir.

Quand maman était petite, les *ramatsa*, les bonnes malgaches, lui disaient de se planquer sous les draps pour que les esprits ne viennent pas la chercher.

Sans doute, Benoît a laissé dépasser sa tête et un esprit est entré pour cohabiter avec le sien. Maman m'a appris à écouter mon instinct, à voir des signes partout et à ne pas craindre le ridicule.

Quand elle m'emmenait voir des expositions, jamais elle ne m'a imposé la véritable histoire d'un tableau, celle que je racontais a toujours eu plus de valeur à ses yeux. Dans chaque ville que nous avons visitée, l'art prenait une place démesurée. Il fallait arpenter les musées, voir les toiles, toucher les sculptures comme si tous ces esprits dont je n'étais protégée par aucun drap allaient m'aider à appréhender la vie. Deux fois nous sommes allées à Londres voir son tableau préféré, un tableau de Manet, *Un bar aux Folies Bergère*. C'est une femme, derrière le bar, une serveuse en noir qui nous regarde, nous qui passons les uns après les autres, et c'est à travers son regard qu'on prend conscience de la réalité qu'elle voit de face et qu'on découvre dans le miroir qui lui fait dos. C'est la salle de spectacles des Folies Bergère. Une réalité tronquée, par le reflet, par le traitement, par ce qu'on y suppose et ce que Manet n'y a pas mis, une réalité un peu pas vraie. Cette fête qu'on fait contre la mort, pour brouiller la vérité. Tout est dans ce tableau. Je pense à ça parce que tu ne sais pas pourquoi tu l'aimes cette toile. Et moi, je crois savoir. Manet a peint cette toile alors qu'il était malade, mourant. Il truque. Les perspectives sont des leurres. Ce qu'on croit proche ne l'est pas. Comme la vie au début. Baudelaire et Manet n'étaient pas amis par hasard. Le goût de la sensualité morbide. Baudelaire et Manet n'ont fait que retourner les morts, parfois même les vivants. Ce ne sont que des putes. Des écrivains sans stylo. Des auteurs avec des culs. Qui accueillent les maux des autres, et leurs exaltations, qui s'en emparent, qui font ce qu'ils peuvent avec, qui survivent, qui sont en prison. C'est ça Manet. Les visages blafards, les cernes, l'absence. Les faits plus que les intentions. Ni l'impressionnisme de son camarade détesté Monet, ni le réalisme. Juste lui.

Mamie devait ressembler à un Vermeer assise dans le salon dans sa robe noire. Quand ils sont arrivés ce jour-là, elle était immobile. Benoît était mort mais elle ne vous a pas pris dans ses bras, elle a dit : C'est à cause de vous !

Elle regardait dehors.

Quelques jours avant sa mort, Benoît tirait sur un crucifix dans le jardin. Il jouait toujours avec des armes à feu et s'amusait autant à dire qu'il se tuerait. Du coup, ils n'y croyaient plus.

Noë lui ne dit rien alors nous lui en prêtons tous l'intention. Il faut faire vite maman. Aller à Madagascar, voir le sorcier, faire taire Benoît de nos vies. Alors on parle de ce voyage, une fois de plus bien sûr, on sait qu'on ne partira pas. C'est pour mon miroir que je me dis ça. Celui qui reflète la salle de mes petits spectacles. Dans le livre, on voyagera là-bas. On ne se parlera pas dans l'avion. Il y aura des paysages à décrire. Ça fait du bien quand les sujets sont lourds.

J'étirerai les phrases. Je laisserai des silences. C'est ça devenir un écrivain : apprendre à écrire le silence et laisser le bruit de la vie des gens entrer dedans. Et « oh ! » ils vous disent comme vous m'avez compris parce que moi aussi ça et moi je cela et je pense ceci, et nous en sommes tous là, couvrir le silence avec les chahuts de nos vies. Et essayer de les faire jouer juste avec ceux des voisins.

Nous ne partirons pas. Nous ne partirons jamais pour de vrai dans l'allée de baobabs. C'est dangereux maintenant. Des femmes seules ne peuvent pas partir. Même Monique la belle acupunctrice me demande de ne pas y aller. Ce n'est plus « comme avant ». Rien n'est intact. Tout s'abîme. Surtout ce qu'on rénove, ça devient en toc, ça se transforme en temps figé ridicule comme les visages des dames mal liftées.

Monique me dit qu'elle connaît une vieille bonne femme dans le onzième à Paris connectée avec les esprits et les sages. Vous verrez Amanda.On sonne à sa porte pourrie. Elle ne demande pas grand-chose. On s'assied devant sa table recouverte d'une toile cirée. Elle met une cassette dans son magnétophone. Ça c'est comme avant. Elle doit être la seule personne à posséder encore un magnétophone. Monique ne le dit pas mais je parie qu'elle a un napperon sur sa télé avec une antenne dessus. Comme mémé. On s'assied, elle tend les mains au ciel et elle parle, elle parle, elle dit ce qui lui vient avec toutes sortes de voix. Son corps est un passage direct entre ce monde et l'autre, elle laisse les mots sortir. Les mots qu'on retient. Je me moque en dedans mais fais-je vraiment autre chose de ma vie ? Une fois par mois tous ses clients se réunissent et parfois un esprit choisit le corps de l'un d'entre eux et le fait parler. Je suis hilare quand j'imagine une mamie du seizième chanter avec la voix d'un Africain des cantiques mortuaires. Monique insiste, c'est très sérieux. Là je peux aller. C'est plus proche que Madagascar et si un esprit veut me parler, il passera par là. Elle retire les aiguilles mais me plante un papier dans la main.

C'est l'adresse de la dame.

Je suis élevée contre ces idées d'esprits flottants. Papa m'a expliqué ce que sont les délires collectifs. Mon rictus accompagne le récit de Monique.

J'ai lu que les êtres qui ont fait une expérience de mort imminente après une tentative de suicide reviennent convaincus qu'ils ne peuvent se tuer. Ils voient leur propre visage tel un miroir et se retrouvent face à leur douleur insolvable. Ils sont à la porte du paradis. Sans doute pas pour toujours. Peut-être jusqu'à ce que leur vraie heure ait sonné ?

Je regarde les albums de ta vie passée. Ce sont ceux que tu as laissés à papa. Il arrive que tu sois découpée de certaines photos. Mon Dieu comme il a dû t'aimer cet homme distant, comme il a dû t'en vouloir de mourir à nous tous.

Des clichés ont disparu aussi. A posteriori papa nous a accusés tous les trois de les avoir pris. Avec virulence, comme si on avait arraché un bout de la dépouille de son aimée.

J'ai deux ans et nous sommes à Divonne-les-Bains. Je suis en vélo derrière toi. Je suis une enfant nostalgique. Je préférais déjà les hiers avant même d'en avoir vécu beaucoup. J'essaie de peser de tout mon petit corps sur le siège arrière et je tiens un ours bleu pour peser plus encore. Je sens que je vais perdre des choses sur la route, c'est ainsi. Je ne veux pas avancer. Je m'assieds au fond de mon fauteuil pour ralentir ta course. Et toi tu te crois libre, les cheveux qui dépassent de ton bob volent au vent. Tu es belle. Je ne me souviens de rien mais il me reste la photo qui réveille en moi cette sensation de poids que je tentais d'avoir, de frein. Je voulais ralentir ta vie. J'avais le pressentiment du tragique.

Ce qui m'étonne c'est que plus je vieillis moins je regrette le temps passé. Il me modèle comme je l'espérais. Il adoucit mes certitudes adolescentes mais il n'entache pas ma moralité.

C'était quatre ans avant la mort de Benoît, je n'ai pas dû ralentir le vélo assez fort. Maman, pour tes six ans, tu étais dans l'avion pour l'Algérie. Une année avant d'élire domicile à Madagascar, mamie et Papi Joe t'emmènent vivre leur vie là-bas. Tu viens dire au revoir à tes grands-parents paternels. Ils te disent que si tu t'en vas, il n'y aura plus jamais de pension alimentaire. Sûrement est-ce une menace d'amour ? Une phrase qu'ils espèrent que tu répéteras assez pour te garder près d'eux. Toi tu as peur, tu penses qu'on ne te donnera plus à manger.

Toute ton enfance bazardée d'un monde à l'autre, tu n'étais qu'un pion sur l'échiquier minable de deux familles en guerre. On ne pensait à toi que pour se servir de toi. C'est ce que tu ressens encore aujourd'hui alors c'est la vérité. Tu n'es pas en paix avec ça. Tu es tracassée, les choses sont tues. C'est à nous que tu as tout dit. À Violette, Noë et moi. Mais quand on te venge en ne passant pas de coup de fil aux vioques, tu nous en veux. Benoît non plus n'a pas pensé à toi maman. C'est vrai, il est mort sans penser à toi. Tourne la page. Comme une femme plaquée. Voyait-il les êtres humains comme des sacs de tissus et de tripes ? A-t-il déserté les sentiments pour les supplanter par la douleur ?

Que fait-on des fous à Madagascar ? Il serait peut-être devenu un sorcier ?

Quand j'étais petite vous me racontiez en vous marrant qu'il avait enfermé le prof de poterie dans le four parce qu'il vous faisait tous chier. Et toutes les conneries atroces de Benoît. Ça vous faisait rire parce que vous ne vouliez pas comprendre.

Aina...

Aina vous dites.

Soi-disant ça ne se traduit pas. Seuls les Malgaches peuvent comprendre. J'ai envie de vous insulter quand vous faites ça, blancs-becs !

Aina décrit en un seul mot un mélange de sentiments, de sensations et de faits. *Aina* veut dire la vie dans sa réalité, sans abstraction. Ça part du mystérieux, de Dieu en fait, et ça va jusqu'à l'homme et ça englobe tout ce qui se trouve entre ces deux extrêmes. Pour les Malgaches, les parents sont des passeurs, ils transmettent la vie mais ne créent pas. Ils lèguent ce qu'eux-mêmes ont reçu de manière mystérieuse. Chez les Malgaches, l'âme et le corps sont dissociés. Et *Aina*, c'est le souffle de vie. Lorsqu'on ne parvient pas à donner *Aina* à notre tour, c'est dans l'autre monde qu'il faut aller en chercher la raison. C'est aussi lors du *famadihana* qu'on résout ce chagrin. Les linges qu'on retire du corps pour les changer sont distribués. Les femmes stériles doivent s'approprier un bout de ces nattes lorsque la cérémonie prend fin. Tu aurais dû aller en chercher une au lieu de me réveiller quand j'avais dix ans pour me dire que tu avais perdu le bébé que j'ignorais que tu portais. À quoi pensais-tu ? Ma fausse mère venait me réveiller pour m'apprendre qu'elle perdait un enfant qui n'aurait connu qu'elle, dont elle aurait été la vraie maman, la seule. Si tu avais eu ces nattes, peut-être alors serait-il resté ? Et ces nattes tu aurais pu les avoir à Paris, chez un bon psy, remboursées par la sécu. Mais non, tu as toujours refusé de faire retourner tes propres morts parmi nous. C'est ta mère à toi qui en est la coupable. *Aina*.

Mamie. Est-ce que j'aurai le droit de dire des choses sur mamie dans le livre ? Si tu me permets de l'écrire, tu la protégeras elle. Je te connais. Tu ne me laisseras pas t'épargner mais tu me diras : « Dis ce que tu veux sur moi mais mamie va en mourir, tu ne peux pas faire ça. » C'est seulement pour toi que je veux qu'on se dise ce qu'il en est ; j'aime profondément ma grand-mère. C'est juste pour toi que je veux faire mal à ta mère. Pour te laisser faire ton *famadihana*.

Hier le chat de la voisine a vomi dans l'allée. Je devais passer devant ce tas de croquettes mâchées et j'avais des haut-le-cœur. On est entrés et Mathieu me parlait d'une chose importante, je ne lui ai pas répondu, j'ai parlé du dégueulis du chat. Il a fallu que je nettoie en jetant des seaux d'eau jusqu'à ce que ça s'éloigne de chez moi. Je ne pouvais pas penser à autre chose. Il s'est vexé. C'est normal. Il pense que je suis tarée parce que pour moi tout ça racontait une autre histoire. Chaque événement du monde est relié à mon livre. Je me suis souvenue de cette affreuse bête devant chez grand-mère Jeanne, ce scarabée qui m'avait effrayée quand j'avais sept ans et m'avait empêchée d'aller sauver Noë qui s'était enfui de la maison, qui poursuivait papa parti en vélo. J'ai préféré prendre le risque que mon frère se fasse écraser par une voiture plutôt que de vaincre ma peur. Maintenant c'est fini, ça me rend malade à mon tour, je balance de la flotte, je veux tout nettoyer. Les croquettes semi-mâchées collent. J'ai des haut-le-cœur, je ne peux pas laisser ça devant la maison. On croirait un bout d'intestin humain. Ce que je vois quand je délire. Et je tourne en rond et je me plains parce que rien ne sort, rien.

Mathieu dit que je pourrai commencer à écrire seulement dans le nouvel appartement. Face aux grilles du parc Monceau où j'allais à l'école avec ma maman vivante. Il m'énerve avec ses prophéties. J'ai peur qu'il ait raison. Marie-France Pisier a été retrouvée au fond de sa piscine. Elle avait lu le rôle de la mère de mon dernier roman au théâtre pour me faire plaisir. Et sur la scène, sans le savoir, par cet instinct insensé qui en faisait une grande actrice, elle avait emprunté ta voix, tes mimiques. Elle te ressemblait. À moins que je ne l'aie choisie pour ça. On ne sait plus dans quel ordre arrivent les choses. Je préfère y prêter de la magie. Je m'en veux, tu comprends, je suis écrivain donc mégalomane. Je me crois démiurge, je parle de ta mort mais tu es bien en vie, voilà que ma mère de fiction s'éteint. Je m'en veux par-dessus ma peine. Je reste des heures devant son visage sur le journal. Je n'ose pas t'appeler de peur que tu ne me répondes pas. Je t'imagine noyée dans ta baignoire. Seule. J'ai peur pour toi. Je ne fais rien non plus, je n'appelle pas, je n'écris pas. Je tourne les pages des journaux.

Le monde que j'ai connu enfant s'en va. Tout me semble en sable qui glisse vers le temps écoulé. Je ne pense pas que j'écrirai ce livre. Comme un ricochet qui ne ricoche pas. Ma pierre tombera au fond de l'eau, lestée du chagrin qui pèse bien souvent sur mon cœur. Et puis ça coulera tout au fond de la mer avec les restes de Fukushima.

J'ai déménagé et je n'ai rien trouvé dans les cartons qui puisse m'aider. J'espérais. Comme si on en ressortait autre chose que ce qu'on y avait mis. C'est souvent ça la vie. Rien n'est pareil dans la valise qu'on ouvre après le trajet. Les choses ont mué pendant le voyage. Qu'as-tu rapporté de Madagascar ? Pas de chaussures. Tu m'as toujours dit que le froid n'était rien en comparaison des chaussures que tu n'avais jamais portées jusqu'à l'âge de douze ans. Maintenant encore, tu marches dans l'appartement pieds nus.

Un jour, un garçon m'a dit qu'il était tombé amoureux de moi parce que je lui avais ouvert la porte en jean et chemise blanche mais pieds nus. Dans ta valise tu as rapporté de l'amour pour moi, sans le vouloir, sans me projeter.

J'ai regardé le prix des billets. Il y a des promotions. On pourrait y aller. Mais j'ai déjà du mal à te parler à Paris. Je t'écoute. Est-ce que je m'extrais de toi ? Je ne pense pas. Papa en vieillissant est devenu passif mais s'intéresse à nous. Cependant il peut laisser s'installer le silence. Il est devenu paresseux. Il a la flemme de lancer les sujets. Toi, tu n'écoutes pas. Tu prends un mot et tu le ramènes à ta réalité. Quelle est-elle cette réalité qui semble nous exclure ? Tu ne dois pas t'en vouloir, tu sais. On a sociabilisé cette notion d'attachement maternel. Au Moyen Âge ce n'étaient pas les mères qui éduquaient leurs enfants. Tu as le droit de nous trouver inintéressants.

Nous avons été choyés aux endroits de l'esprit, c'est certain. Bien élevés aussi. Tu m'as répété mille fois de ne pas mettre mes coudes sur la table et je t'en remercie. Je me tapote la bouche avant de boire. Je mets mes couverts correctement alignés sur la droite de mon assiette lorsque j'ai terminé. Je ne me ressers jamais deux fois. La première cela veut dire que c'est bon, la seconde que ce n'était pas assez copieux. On m'a toujours cru riche, bien née. Même quand je me tapais le dernier métro pour rentrer dans mon appart minable après un dîner mondain. Oui, la fille aux pieds nus que tu étais jusqu'à ce qu'on te flanque chez les bonnes sœurs m'a bien élevée. M'as-tu aimée ? M'aimes-tu ? Les questions tournent dans ma tête et me paralysent. Moi qui n'ai jamais demandé d'autorisation à personne, je ne me sens pas le droit de parler de Benoît. Pourtant c'est mes rêves qu'il a choisis. C'est à moi qu'il vient dire qu'il a froid. Monique en me piquant ne me parle plus que de ça. Elle est émue par mon histoire, elle me dit que c'est un honneur. Que je suis la personne de la famille qui a été choisie par l'esprit de Benoît. Il n'empêche que je suis à mon bureau, pétrie de doutes. En douleur quand les mots sortent pour la première fois. Je toise les murs, les dessins de mes fils. J'ai acheté aux puces le tableau d'un homme qui ressemble à Papi Joe. Le fond m'avait toujours semblé noir, mais aujourd'hui, le soleil tape dessus. Il est plus clair que ça, couleur terre, brun, et le regard du faux Papi Joe qui me paraissait doux soudain me semble triste.

Papi Joe souriait en permanence sous ses yeux à la malice chagrine. Je ne l'ai jamais imaginé comme un père qui avait perdu son fils. Jamais comme un père. Sans doute parce que ce n'était pas le tien, maman.

C'était mon papi.

Je lui tirais les moustaches. Violette le recoiffait. On l'aimait. Il rangeait ses cassettes par ordre alphabétique et avait fait pour nous un tiroir avec tous les films de Louis de Funès. Il était anticlérical. C'était son seul point de discorde avec mamie. Ça le rendait moderne, sympa. Souvent mes oncles m'ont dit qu'il avait été dur avec eux.

Ton frère Émilien m'a raconté dix fois comme il avait décidé de se barrer de la maison quand il avait dix-sept ans. Il est monté faire sa valise. Papi Joe a grimpé les escaliers en vitesse en gueulant. Émilien l'attendait en haut, le poing fermé, prêt à s'abattre. Émilien a cogné et toute la famille a vu redescendre Joe la tête en bas dans le sens inverse. Émilien était mon héros. Je trouvais ça dément d'avoir fait ça. Et puis tous tes frères pliés en deux, des rires chaque fois qu'on évoquait ce souvenir. C'était une autre époque. Mes oncles étaient des rebelles. Le monde était en marche. Il y a eu comme ça des moments d'avancées frénétiques, des chouettes révolutions qui portaient la vie. Et puis il y a le monde dans lequel arrivent mes enfants. La terreur et l'effondrement qui font place à l'immobilisme qui encerclait ma jeunesse. Je pense que la mort de Papi Joe ça a été le jour où je me suis sentie adulte. Ce n'est pas que mon enfance mourait mais plutôt que j'étais résignée. Je n'ai pas pleuré. L'événement était prévisible. Je l'avais vu décliner. J'étais prête. Les adultes ne pleurent pas quand ils savent les choses inéluctables. Les enfants pleurent quand même. Même s'ils savent qu'en lâchant la ficelle le ballon s'envolera. Ils la laissent malicieusement leur échapper des doigts. Au cas où... Et ils chialent. Les adultes crient alors : « Je te l'avais bien dit ! » qu'il ne fallait pas mettre ses doigts dans la porte, danser avec une assiette, narguer le chien avec ta côte d'agneau, faire confiance à un morveux, coucher le premier soir, filer ton numéro à un psychopathe.

Être adulte, ce n'est pas arrêter tout ça, c'est juste ne pas pleurer quand les choses qui devaient arriver arrivent.

Pourtant Benoît était fou. Il allait se suicider. Papa l'avait dit. Mamie pensait que les curés le sauveraient. Qu'il ne lui ferait pas ça à elle.

La chambre de Benoît était au rez-de-chaussée de la maison de Chilly, face à la chambre de maman. Les grands garçons étaient en haut. Benoît n'a jamais pu préparer son poing au sommet des escaliers. Ils avaient peur qu'il pense à se jeter par la fenêtre.

Dans sa chambre, il y avait un lit simple. Une place. Un couvre-lit qui gratte. La tête était dirigée vers le mur mais le lit n'était collé à rien. On pouvait en tomber. Je ne le trouvais pas large.

Le papier peint était sobre. Un papier peint de « jeune homme ». Des posters de motos de course punaisées au mur. Un bureau. Aucun souvenir d'avoir vu Benoît assis devant. Une moquette grise et rêche. Des rideaux avec de gros tournesols.

Te reste-t-il des souvenirs de cette époque maman ? Vous faisiez quoi avec Benoît ? Des bêtises tu m'as dit mais tu ne m'as pas raconté.

Je sais qu'il t'a pissé sur la tête depuis le premier étage un jour où tu écoutais « Salut les copains ».

On ne l'a pas engueulé.

Je sais qu'il a jeté une table aussi dans l'école religieuse où il allait. Il n'y avait personne en dessous. C'est lui sans doute qu'il voulait balancer ce jour-là.

Il s'est fait virer.

Là encore pour ne pas comprendre ou pour transformer la réalité, mes oncles se sont marrés. Benoît n'était pas fou à leurs yeux, c'était un cancre hilarant, un mec libre.

J'ai un film de mes deux ans, je ne parviens pas à souffler mes bougies. Il tient une de mes bouclettes, il m'explique. Il est calme. Il est doux. Je ne vois aucune trace de folie en lui.

Ça aussi ce sont des choses que tu as partagées avec papa. Il l'a connu. De tous les hommes qui viendront maintenant, aucun ne saura qui était Benoît.

J'ai un souvenir diffus qui arrive alors que le soleil baisse dans le bureau et sur la photo de Papi Joe. Une dispute à Chilly. Je sais que ça concerne Benoît, qu'il s'est dit un mot de trop. Nous sommes au milieu. Vous avez divorcé papa et toi ou c'est en cours et papi met papa à la porte. Il a dit des choses qui ont blessé mamie. Sur toi ? Sur Benoît ? C'est étonnant parce que ça s'enfuit, je ne sais plus tout à fait. Et puis papa et papi ont gardé de bons rapports. Si je pouvais en connaître la raison. Si ça pouvait être clair. Je ne veux pas tout inventer.

La maison de Chilly a été vendue et Papi Joe est tombé malade. Parkinson. Il était charmant, moustachu, l'œil rieur. Il était fort. Il faisait le tour du monde en catamaran. Et il s'est mis à trembler. Mamie l'a aidé à pisser, à marcher, à se laver. Il avait l'humour des désespérés. La dernière fois que j'ai vu la maison, la chambre de Benoît était intacte. Un mausolée dans lequel rien n'avait bougé. C'était peut-être ça la dispute ? C'était toi maman qui voulait fouiller, jeter, ranger ou pire : comprendre. Quand un être meurt, les Malgaches ont deux convictions qu'il est dur de mêler aux idées chrétiennes. D'abord, ils pensent que le défunt est triste d'avoir quitté cette vie, il est donc jaloux et envieux des vivants. L'âme du mort est potentiellement dangereuse. L'absent en veut aux vivants, il est là pour abîmer leur vie, désespéré de ne plus en avoir une à lui. Ainsi faut-il le couvrir de cadeaux, organiser les plus jolies funérailles possibles. Y avait-il de la musique quand vous avez enterré Benoît ? Où étions-nous ? Qui nous a gardés ? Êtes-vous sûrs de l'avoir semé au retour ?

À Madagascar vous auriez tué un bœuf. Et une orgie aurait suivi. La suprématie des organes sexuels en vie, des chants qui exaltent, transcendent la virilité et défient le mort de rester à sa place. Tous les interdits sont levés. Est-ce que c'est cela qu'il t'a fallu faire ? J'aimerais bien. Je pense qu'un orgasme ça soigne un peu du deuil.

Je cherche, j'enquête, j'ai Benoît sous les yeux que je scrute comme s'il allait me parler. Tout m'expliquer. Papa m'a aussi envoyé une photo sur laquelle nous sommes toutes les deux en Israël. J'ai un an. Je suis dans tes bras. Je ne peux pas marcher sans toi maman. Tu es toute ma vie. Tu es d'une beauté fracassante. Tu es la plus belle femme que j'ai vue. Et j'en ai vu. J'en ai subi. Tu es d'une beauté à couper le souffle.

Qu'est-ce que tu foutais en Israël ? Tu trouvais ça bien ces éclopés qui créaient un pays pour ne pas qu'on vienne les chercher pour les foutre sous une douche ? Moi je trouve ça bien parce que tu m'as faite juive. Mais toi ? Ça aussi c'était dans le plan pour sauver Benoît ? Ça faisait plaisir à tes parents ? Un dernier relent de colonialisme qui les déculpabilisait avec tous les bons Français d'avoir tué tous ces gens ? Ah mais non ! On était résistants… bien sûr, comme tout le monde. Et puis on n'est pas racistes, notre fille a même épousé un israélite. Que voulez-vous ? C'est la vie. On s'adapte.

Tu t'es rendu compte de ta beauté a posteriori. Trop tard. Avant tu étais juste toi. Ni belle ni rien. Tu passais devant les miroirs mais tu ne te regardais pas. C'est ce qui te rendait si belle. Pas de mièvrerie. Pas les minauderies de toutes ces putes en leggings. Une beauté comme un rire d'enfant. Sur cette photo il y a tout ce que tu étais et tout ce que tu as perdu avec ton frère.

Je t'ai fait porter des fleurs pour la fête des Mères. Comme on embellit une tombe. Et je voudrais courir dans tes bras parce que le fond de moi est toujours colorié de sombre. Je me sens faible, honteuse, écrivain plus qu'humaine et la seconde d'après je suis invincible et je me dis que je te libère maman, qu'il suffirait que tu te laisses faire, que tu laisses mes mots entrer pour te guérir.

Je suis la dernière à pouvoir te materner. Violette ne le fera pas et j'ai rompu la chaîne. Cette grande lignée de femmes. On sait vite qu'on porte des revanches et nos muscles se développent pleins de ces espoirs dont nous chargent celles qui ont échoué. Mon arrière-grand-mère est la première femme de Brest à avoir obtenu son permis de conduire. Ma grand-mère est une battante et une amoureuse. Elle n'a pas eu peur de quitter un mari, enceinte d'un autre. Les conventions pesaient lourd, elle a maladroitement aidé beaucoup d'entre elles. Mais au fond elle était libre.

Ma mère est un fouillis de regrets. Elle dit qu'elle ne se savait pas belle. Qu'on l'a brimée. Qu'elle aurait pu… qu'elle aurait dû… et que si elle avait eu mes jambes alors…

Je n'ai pas eu de fille. Ma sœur non plus. Nous sommes le condensé de tous ces brouillons de femmes. Pas le droit à une seconde chance. Il me semble que c'est ce qui émeut quand on donne la vie à un être du même sexe, quand il nous ressemble de surcroît. Voilà, quelqu'un va tout refaire pour toi.

À l'adolescence, ta peau me dégoûtait. Sans doute voulais-je sauver la mienne. Maintenant je pense que je pourrais te masser. Ce serait comme y retourner un peu. Au tout début. Maintenant ta peau c'est une seconde chance.

Les déménageurs sont venus récupérer des meubles chez toi pour mon nouvel appartement et ils ont embarqué ta statue africaine par inadvertance. Une sans bras mais avec un ventre qui laisse soupçonner qu'il y a un enfant à venir. Une future mère figée, une maman en bois. Et tu me presses de la ramener comme si elle te protégeait. Elle pèse des tonnes. Je vais devoir la porter jusqu'à ma petite voiture. C'est urgent. Tu es folle de rage. Tu m'appelles plusieurs fois. Noë devait surveiller mais il s'est enfermé dans sa chambre.

Je n'ai pas le temps. Je dois griffonner un début de roman depuis des mois. J'écris tout, tout sur un carnet, mais je ne mettrai rien ou qu'un peu. Je vais tuer mamie. Peut-être que je préfère un livre à mamie ? Quand tu m'as annoncé que Papi Joe était malade, j'ai inventé dans mon lit son oraison funèbre et c'était si beau que je me suis endormie avec le sourire. Putain de monstre que tu as enfanté, il aurait mieux fait de rester de bois. Comme ta statue africaine. Telle une trique sans jamais d'éjaculation.

Je me suis convaincue que je n'écrirais qu'après avoir installé mon bureau. Maintenant qu'il y a une pièce dédiée à ma nécessité devenue un métier. Et le bureau est vide de mots. Plein de livres. Même des miens. Dans toutes les langues. Et la mienne est sèche. Je bois de l'eau. Je réponds au téléphone. Le livre ne sort pas. J'ai été élevée à demander l'autorisation. Tout le monde pense que l'histoire de Benoît lui appartient. La famille entière m'en voudra. Noë me dit souvent que ces histoires-là je devrais les écrire pour moi. Quel besoin tu as de faire sortir ça ? Ce besoin qui fait de moi une artiste et qu'il ne comprend pas. Cette force qui me fera prendre un train pour Brest, donner mon texte à ma grand-mère et lui dire adieu. Ces mots alignés qui me mettent derrière un grillage qu'elle ne laissera pas franchir. Pour moi, pour l'enfant de six ans qui voudrait retrouver sa mère.

Maman, puis-je te ressusciter ? Et flinguer celle-ci.

Et si on descendait de l'avion, ça ferait quoi dans mes cheveux ? C'est humide Madagascar ? C'est brûlant comme Israël ? Pourquoi ne jamais nous avoir emmenés ? As-tu refusé tout ce qui te faisait ? As-tu oublié ? As-tu menti ? Le mensonge ça a été ta vie. On t'a construite avec. Tu as dû garder un secret pesant. Ton frère n'avait pas le même père que toi. C'était le fils de Papi Joe. Vous portiez le même nom de famille pour des raisons de calendrier et d'honneur. Un divorce prononcé trop tard. Une union consommée trop tôt. L'adultère comme le suicide est un péché mais cette famille est schizo, cette famille s'arrange. Moi, en revanche, on va foutrement m'en vouloir de « ce tissu de mensonges », n'est-ce pas ?

Émilien a grandi avec la gueule de Joe sans s'en rendre compte. Il le détestait ce beau-père. Toi, à douze ans tu as eu besoin de le dire. Et mamie t'en a beaucoup voulu. Tu aurais dû nier ce que tu savais, faire une petite tombe au fond de toi et c'est toi sans doute qui serais morte. Émilien a eu raison de boxer son père et de vivre. Quel secret Benoît avait enfermé à double tour ? Rien sans doute. Mais ne pas parler des mensonges autour ça devait l'étouffer, l'empêcher d'inventer les siens, ceux qui construisent un être.

Il suffit d'écouter de la musique, de la laisser pénétrer, et d'oublier que je vais être lue. Laisser faire le besoin de raconter. Comme on tire la chasse. Pourquoi doit-on féliciter les enfants sur la beauté de leurs merdes, déjà ? Je ne sais plus. Mais tu vois je continue à l'étaler, dans l'espoir que tu me dises bravo, bravo qu'il est beau ce caca. On va le montrer à toute la famille.

Nous ne sommes pas une famille aux chagrins raisonnables.

Les femmes de la famille, moi comprise, sont hystériques. On s'énerve comme des Italiennes. On tape du poing, on pleure, on crie.

Violette est désormais paisible. Elle a un mari, trois enfants, des projets professionnels reportés.

Sa vie parfaite, son corps parfait, ses horaires, ses vacances de Noël programmées en juillet, tout en elle me fait chier.

Elle nous dit les choses sur un ton péremptoire et sa vie sans encombre est pour elle le signe qu'elle en a compris le sens.

Avec Noë on sort parfois. On boit plus que de raison. On rit. Il brille Noë. Les détours de son esprit en font un être unique. Noë m'a entendue dire que j'écrivais sur toi. Contre toi. Je ne sais pas comment on dit. Il ne m'en a pas parlé. Il a dû te le répéter. Tu m'en veux, je l'entends derrière le combiné. Et je t'attire aussi. Je suis la gloire ou la honte. Sans doute un peu des deux. Et ça a toujours été mon rôle dans la famille. Amanda l'amour à l'impératif. « Celle qui doit être aimée. » Tu sais que Benoît veut dire « le brillant corbeau » ? Vous nous avez raconté tant de fois en riant que les Malgaches donnaient à leurs enfants des noms symboliques qui remercient Dieu et les ancêtres et les plus snobs ont voulu leur donner les noms du calendrier catholique français... Ceux qui sont nés le 14 juillet se sont retrouvés affublés du prénom Faitnat. Vous avez pourtant choisi Benoît : cet oiseau qui fout les jetons et qui vous terrasse s'il ne vous protège pas. Ce volatile aux forces mystérieuses. Il est la mémoire et l'esprit d'Odin, le dieu polymorphe du savoir, de la victoire et de la mort. Il est le dieu des hommes morts au combat et celui des pendus. Ta mère a donné à son fils le nom du dieu des pendus. Les femmes bouffent de l'aspirine, les hommes se flinguent ou se pendent. C'est le degré zéro du symbolisme, un truc que même les primates comprennent. Quand on a une bite, on joue avec, c'est ce qu'il a fait avec son revolver.

Il aurait peut-être bien voulu jouer avec celle d'un autre, ou écraser celle de son père. C'est la bite qu'il avait entre les mains qui l'a tué. Il aurait pu se pendre, devenir ce sexe qui prend tant de place dans la tête, se pendre de toute sa longueur. Vous auriez préféré ? Pardon... Je suis douce, je te le promets. Tu sais bien que ça craque souvent tout autour de moi. Mais je me dois de ne pas être tendre quand j'écris. Je passe ma journée à rêver que je m'en vais. Celle qui suit aussi. Tout pour ne pas écrire pour de bon. Pour ne pas te faire de peine. Je suis venue dîner dans ton grand appartement. Dans mon ancienne chambre, les jouets de mes fils ont remplacé les miens. Je me sens en vie. Je me sens comme un des volumes d'une série de livres que j'aime. Est-ce bien la peine d'en écrire un douloureux qui prendra trop de place et risquera de faire s'effondrer la bibliothèque ? Quand je formule cette question dans ma tête, la réponse vient avec. Je sais qu'il le faut si je veux que le livre de mes enfants soit long et sans encombre. Je romps le charme morbide. C'est ce que disent les psys. Les chamanes parlent de la « transgénéalogie ». La faute non réparée rebondit sur les générations qui viennent. C'est aussi ce que pensent les écrivains. Si tous ces escrocs des sentiments s'accordent, c'est qu'il y a sans doute du vrai.

Écrire le livre sauverait alors Noë ? Bien décrire Benoît, ne rien oublier, récurer la famille. Tout foutre en cent pages et le ficeler comme un gigot de péchés. Noë découpe un poulet, il est maladroit. Il semble sale en ce moment. Je ne suis pas certaine qu'il se lave tous les jours, pas certaine qu'il sorte. Il est cadavérique. Je n'écris sans doute pas assez vite, pas assez bien.

Quand il part chercher la salade dans la cuisine, maman me chuchote qu'il a repris le violon, qu'il s'enferme et qu'il joue comme un fou. Comme un fou elle répète. J'ai marché pour rentrer chez moi. J'ai rencontré une fille qui sautait d'une case à l'autre à pieds joints, puis à cloche-pied sur une marelle imaginaire. Elle avait mon âge sans doute. On s'est croisées à un angle, elle pouffait. J'ai pensé qu'elle jouait pour frimer devant un garçon ou une bande d'amis et que c'était une posture. Non, sa gêne était réelle, ses joues étaient rouges sous la nuit. Elle était jolie et libre. Je ne l'ai jamais été. Je suis dépendante de l'amour des autres. Jamais je ne vis de choses pour moi. Sinon, c'est pour les raconter, c'est pour en faire des mots. Je le sais. J'en suis prisonnière. Il faudrait pouvoir poser un sac plein des yeux des gens et m'en débarrasser. Un autodafé de globes oculaires.

Ne plus voir le monde à travers eux comme si j'étais l'hydre de Lerne de la famille. Au lieu de ça je frotte mes mains noueuses et je réalise quand il m'a échappé une dizaine de fois que je fais le même geste que mamie, comme si je ne contrôlais pas mes mains, comme si je n'étais que l'écho d'une histoire qui me dépasse.

À Madagascar, quand le conjoint meurt, on descend dans le tombeau tandis que tout le monde attend. On pose une pierre et on la lui désigne comme nouveau compagnon. Maintenant tu partageras ta vie avec cette pierre. Notre histoire est finie.

« Désormais, ta nouvelle compagne est cette pierre. »

Puis on ressort libre. Tu aurais dû donner une pierre à Benoît comme grande sœur et n'être plus qu'à nous. C'est lui qui te tient la jambe qui te retient ancrée.

Je suis ton premier enfant. Je te veux tout à moi.

Chez les juifs, on ne fleurit pas les tombes, on y pose une pierre aussi. Dans ce cas, la pierre représente la permanence. Les fleurs sont la vie, elles changent, elles sont de plus en plus belles, puis fanent, puis meurent. La mort est un état définitif. Comme un roman publié. Il faut lui tourner le dos. Quand j'écrirai le livre, j'ajouterai des choses qui n'existent pas. Peut-être un geste que tu fais devant la glace. Peut-être une vieille tante alcoolique qui balance les secrets. Tu n'auras pas le droit à ton vrai prénom. Tu m'en voudras aussi de ça. Tu penseras que ça rend tout inexact. Tant qu'à raconter des choses de ce que nous sommes, ensemble, autant faire que ce soit la vérité nue.

Viviane vit en Inde la moitié de l'année. Ça a commencé il y a huit ans. Elle est partie faire un voyage et elle est restée à Bombay. Mon frère, ma sœur et moi recevions des photos de notre mère vêtue d'un sari et maquillée Bollywood. Après la panoplie cuir étaient venus les déguisements de business woman puis la crise qui veut que toute femme porte les fringues de sa fille, le sari marquait un tournant. Nous nous sommes réjouis car nous pensions qu'un homme là-bas la rendait heureuse. Il n'en était rien. Elle avait trouvé une bande de gens, une famille et un « réseau » ou un « carnet d'adresses » comme elle aime à dire, qui s'étaient entichés d'elle. Avoir une Française chez soi, un peu cinglée, assez jolie, devait être un attribut à la mode. Elle les distrayait, ils emmenaient la Française dans des dîners orange, pourpres, heureux. De toutes les couleurs sauf celles de la mort qu'elle semblait avoir semée en France. Je l'ai forcée à revenir malgré moi. À cette période c'était la canicule et je devenais mère à mon tour. Comme ma mère avant moi, on m'a ouvert le ventre.

Dans la salle de réveil, j'avais mon bébé contre moi qui tétait. Ma mère était « émue », disait-elle, mais à mon mari. Elle ne me regardait pas, elle ne regardait pas le bébé. Mon mari non plus ne semblait pas voir son enfant. Avant il l'avait photographié sous toutes les coutures, avait compté ses doigts de pied, de main et lui avait donné le bain. Mais là, il s'agissait de la suite. Viviane et lui regardaient ensemble les photos à envoyer à la famille et décrivaient leurs émotions. Ils avaient en commun cette maladie moderne qui fait que la vie ne se vit pas, elle se dit, elle se commente, elle s'attrape en clichés. Moi les choses je les raconte pour m'en débarrasser, eux pour les vivre. La téléphonie mobile est sans doute l'évolution de la psychanalyse. Nous sommes des zombies désincarnés. La cicatrice de la césarienne commençait à tirer. J'avais mal, j'étais neuve de quelque chose et usée de mille autres. Et je comprenais enfin ce qu'était être mère comme je ne comprenais plus celle que j'avais devant moi. Elle se tortillait, elle n'était plus qu'une femme. Elle aurait mieux aimé rire avec mon mari que traîner dans cet hôpital et regarder mon corps mêlé à ce petit autre qui lui rappelait qu'elle vieillissait et qu'elle en mourrait comme nous tous ou presque. Non, je n'ai pas eu de mère. J'ai eu une femme gentille qui a fait de son mieux mais son cœur était anesthésié.

Dans les faits divers il est indiqué en quelques lignes qu'un vieux monsieur a vécu avec le cadavre de sa femme pendant plusieurs mois. Il faisait les courses pour deux. Il lui parlait, l'embrassait, se couchait près d'elle. Il s'est réveillé près d'une morte et n'a pas laissé la vérité pénétrer sa réalité. Ce sont les voisins qui se sont inquiétés. Ils ne voyaient plus la petite dame. Quand les pompiers sont arrivés, le corps sentait à peine et avait gardé ses couleurs. Le vieil homme sous sédatif a été transféré en hôpital psychiatrique. Une fois déplacée et loin de lui, la défunte s'est décomposée en quelques heures. Pâleur, puanteur, pourriture. Il a fallu une heure à son corps privé d'amour pour admettre qu'il n'était plus.

Je suis en Corse près de Sartène. Je longe les falaises qui ressemblent au Colorado mais dont les pieds sont dessinés par une Méditerranée douce, loin de la mer bretonne qui a agité nos vies. C'est le mois d'août, les vacanciers envahissent les bandes d'arrêt prévues afin qu'on y laisse la voiture pour tout saisir en photo. Comme si les moments s'attrapaient. Comme si les paysages n'étaient que l'image qu'ils renvoyaient.

Il n'y a plus de place pour prendre des clichés. Les touristes sont alignés. Ils redeviennent les gens qu'ils étaient dans les villes pleines d'autres gens qu'ils pensent avoir quittées. Agglutinés, pas un ne respire. Ils ne vivent qu'à travers l'écran. C'est lui qui valide la vérité de ce qu'ils voient. Cette trace inerte, ces vagues qui n'en sont plus. Des Japonais font des mises en scène. Entre les clichés ils ne sourient pas. Soudain, devant l'objectif ils sont tous heureux. Même moi j'y crois.

J'avance. On roule doucement. Un garçon d'une dizaine d'années est monté sur un rocher. Il n'y avait plus de place pour prendre des photos dans l'endroit dédié à cet effet. Sa mère veut voler une image coûte que coûte. Elle ne se rend pas compte que son fils joue les deux mains en l'air, proche du vide, qu'il défie les limites, qu'il est sur le point de tomber. Il va tomber. J'ai envie de crier : Recule ! Mais rien ne sort. Je me dis que mon cri pourrait l'effrayer. Mon envie de l'aider est peut-être ce qui va le tuer, le précipiter en bas de la falaise. Alors je me tais. Et sa mère prend des photos. Des tas. Avec le numérique, elle peut continuer jusqu'au coucher du soleil. Il est midi et il tape. Mon téléphone affiche que c'est toi qui m'appelles. Tu vas me demander si je viens le 12 août pour la fête d'anniversaire de mamie. Tous ensemble en Bretagne. Cette famille bancale dont je connais la moitié des prénoms. Du Gwenaëlle, du Yann, du Pierrick, du Vonick. Que des prénoms bretons pourris qu'on grave sur des bols, des prénoms en nique. Et des histoires de fesses qu'on tait.

Je n'ai pas envie d'y aller. Pas envie de la Corse que j'aime tant d'habitude. Pas de vacances. Pas envie de chaise longue ni de plage. Je joue avec des raquettes et je fais des châteaux avec mes fils. Il me faudrait l'hiver pour se marier avec le fond de mon cœur. Quand la nuit tombe, je veux écrire, ça me submerge. Quand vais-je m'en laisser le droit ? Je n'ose pas t'expliquer ce roman qui déborde. Je suis courageuse et frontale. Mais là. Si je t'en parlais, tout ce qui me fait écrire s'en irait sans doute comme un soufflé qui retombe et qui colle au fond du moule. Ça ne s'en irait jamais vraiment. Ce serait là, accroché à ceux qui me succéderont. Tu jouerais à un jeu, tu attendrais de moi que je te venge de papa et de ta propre mère, tu me dirais des choses. Alors que mon rôle est de te piller. De voler tout ce que tu dis et de le tordre, de comprendre et aussi d'en faire une vérité qui sera de la littérature. Mon travail c'est dégoûtant tu comprends maman ? On tatoue d'encre d'imprimerie des plaies ouvertes, encore sanguinolentes. On arrive à faire croire que c'est noble mais on va fouiller dans les poubelles d'un cœur, on en sort des choses mal cicatrisées et on les prend en photo, en haut de la falaise, à l'endroit interdit. Je ne peux pas prendre le risque que ton cri me fasse tomber ou descendre. Et puis comment voudrais-tu que je t'en parle ? Puisque c'est bien là le sujet. Tu es une fausse maman. La mienne est morte.

Je me suis attachée à toi malgré tout. Tu as toujours eu des attentions envers moi. Tu m'as caressé les cheveux quand j'étais malade. Tu m'as encouragée à écrire. Tu me demandais comment je réagirais si ça ne marchait pas, si on ne voulait pas de mes livres mais je ne comprenais pas. Je te répondais que j'en mourrais maman. Je me suiciderai à vingt-cinq ans si je ne suis pas publiée. C'est ce que je disais. Et ça glissait sur toi parce que tu n'étais plus Viviane. Tu étais l'autre dame qui faisait semblant. Tu as changé plusieurs fois de parfum. Tu n'as jamais retrouvé celui de ma vraie maman. C'est dommage, je l'aimais bien.

J'ai été piquée par une guêpe, vœu exaucé, je suis immobilisée et je n'ai plus qu'à écrire. J'entends les cris de joie des peuples de la plage au bout du chemin. Je les distingue par la fenêtre. Mes fils ont des épuisettes comme des étendards et guettent la moindre crevette, le plus petit bernard-l'ermite. Le plus jeune crie « Bernard ! » en espérant qu'il sorte du trou. Puis « Joe ! », il trouve que c'est bien comme surnom Joe pour un Bernard. Joe… du nom de ton beau-père qu'il t'a fallu appeler Papa. Ma cuisse est gonflée d'une sorte d'œuf. Je découvre que je suis allergique aux guêpes. Je n'ai pas vu l'insecte, j'ai voulu m'asseoir et j'ai hurlé. Ça me fait rire d'y penser. Les fesses dessus. C'est énorme à présent. On dirait ces boutons d'araignée dont la légende veut qu'ils soient des nids dans lesquels la mère dépose ses petits. La peau gonfle avec les araignées qui grandissent et une entaille du médecin les délivre.

Je vais peut-être accoucher d'araignées non désirées. Je ne comprends pas ce qui grandit sous ma peau. Je voudrais être sur la plage maintenant. Ce n'est pas vrai ce que j'ai dit. Je veux retrouver le sable et les bernard, maintenant qu'on m'a tout enlevé j'en ai envie. Cette schizophrénie qui hante mes livres. Cette schizophrénie, c'est celle de Benoît que je ne comprends pas. Il me semble que j'ai hérité de la sienne mais à regarder plus qu'à subir, à décortiquer. Quand j'ai récupéré mes enfants après une semaine de vacances passée chez leur père, ils étaient différents. Pas grandis, mais imbibés de leur autre vie. Je t'ai expliqué ça. D'habitude, on ne se sépare jamais longtemps, ils n'ont pas le temps de se transformer. Mais là, une semaine avait suffi pour qu'ils soient les enfants qu'ils sont chez lui. Très légèrement différents, peut-être dans l'inclination de la tête, des gestes un peu plus brusques, une façon de se donner en spectacle. Une partie d'eux qui m'échappe. Il me faut un peu de temps pour les installer dans leur maison, leur autre vie, quelques heures pour qu'ils redeviennent mes eux-mêmes. Je ne sais pas si leur père ressent la même chose. Tu m'as dit que tu n'avais fait que ça. Changer d'une maison à l'autre et nous faire changer ensuite quand tu étais dans le rôle de la maman. Nous sommes une longue lignée de divorcées, de femmes qui croient trop en l'amour. Ta mère te demandait de ne pas parler fort, d'être discrète, de faire tes prières dans ta robe bleu marine. Elle ne te disait jamais que tu étais belle. Ce qui est amusant c'est que tu n'aies jamais compris qu'elle s'excusait auprès de l'homme qu'elle aimait désormais. Elle lui disait que son passé ne ferait pas trop de bruit, qu'il n'avait pas de visage, tu n'étais qu'un joli accessoire. Et tu étais sa rivale aussi. Ta beauté était folle, elle savait qu'un jour tu grandirais tandis qu'elle vieillissait déjà. Austérité. T'éteindre, c'est ce qu'elle voulait. Retirer ce qui pétille dans tes yeux verts. Quand les autres sont nés derrière toi. Surtout Émilien qui a porté le nom du premier mari, de ton père alors qu'il était l'enfant du péché. Il a fallu se taire aussi. On avait appliqué cette méthode avec toi, ne pas la suivre eût été un aveu.

Tu partais chez ton père avec ta grand-mère Jeanine et ton oncle Victor, l'éternel vieux garçon qui t'aimait tant. Il fallait faire valser la tenue sage, enfiler une robe à frous-frous en dentelles, détacher ses cheveux ou y glisser une fleur et chanter à tue-tête Luis Mariano, Dario Moreno et *Apache* des Shadows ! Les deux familles. Ce tout petit glissement qui t'a donné goût à la liberté. Qui t'a rendue si sympa. Parce que disons-le tu es une femme avec laquelle on peut faire la fête, même si tu t'étourdis plus que tu ne profites des instants, tu prends ton pied à les oublier, à fuir une chose de toi.

Quand tu as eu douze ans, tu as dit à Émilien qu'il n'avait aucun lien avec la famille heureuse. Il fallait qu'il reste chez les cathos intégristes. Le gâteau entier était le tien. Il avait des parents qui s'aimaient, telle était la compensation. On lui avait donné le nom de ton père pour des questions techniques mais il n'y avait qu'à regarder son pif, c'était celui de Joe. C'est un Kervadec clandestin.

Et puis vous êtes partis à Madagascar. Les gens heureux c'étaient les Malgaches, vous sortiez du gris breton qui a construit ta mère.

Je voudrais que tu me dises avec tes mots. Toi, tu me racontes que vous étiez pieds nus. Tu me dis que Benoît vous suivait partout, vous les grands. En slip et en marcel parce qu'il faisait trop chaud. Il a mangé des piments rouges pour vous épater. Il avait le visage en feu et s'est frotté les yeux. Le *ramatoa* l'a soigné en lui appliquant du charbon sur le visage.

Il se sauvait tout le temps. On le retrouvait perdu au milieu du village.

À Chilly-Mazarin, dans l'horrible pavillon de banlieue que vous occupiez ensuite, il y avait un taré de l'autre côté du grillage. Le fils des voisins. Il était roux, livide et dérangeant. Il m'avait montré sa bite un jour. C'était la première fois que j'en voyais une. Les autres fois c'était des zizis mais là c'était une bite dangereuse. Vous m'avez vite fait rentrer dans la maison et les parents se sont excusés. On le voyait moins ensuite et puis on ne l'a plus vu. Pour moi cette maison était belle, grande même. L'allée de cent mètres c'était un tas de tours de pédales pour amener mon vélo au bout, et puis retour, et encore ; des journées à pédaler. Il y avait un cerisier et on sortait l'échelle au printemps. J'ai des photos de Benoît et moi devant les hortensias. Tu les connais, bien sûr. Je ne t'ai jamais vue prendre des photos. Je ne pense pas que tu aies immortalisé ce moment qui n'a d'intérêt que parce que nous n'en vivrons plus ensemble et parce que je vois aussi comme il ressemble à mon frère aujourd'hui. La piqûre de la guêpe ne cesse de me faire gonfler. Que va dire l'acupunctrice malgache ? Je dois écrire pour me débarrasser de mes cuisses mais la famille me rattrape. À coups de fil ou de dards de guêpes. Rien n'arrive au hasard. *Aina*.

J'ai passé mes vacances à l'ombre. Où que je sois la vie m'enferme. Je sais qu'il faut que j'écrive pour me sentir libre. Je ne parviens pourtant pas à commencer. J'ai griffonné cette histoire, mes six ans, mais ça ne tient pas la route. Ce n'est pas moi l'important, c'est Benoît, pourtant c'est de ta mort à toi que je veux parler maman. Tu es partie en avance chez mamie. Tu l'aides à préparer sa fête. Tu dois t'ennuyer à Brest. Tu ne cesses de m'envoyer des photos de toi jeune, de nous, d'Alger aussi. Comme des bouteilles à la mer. Je ne sais pas ce que tu espères que je comprenne avec ces photos. Dois-je y trouver une trace, un sillon, une mimique ? Une preuve ? Un coupable ?

Tu dois savoir que j'écris un livre, le sentir. J'ai l'impression d'avoir une documentaliste qui travaille pour m'aider. En même temps, qui a mieux connu ma mère que toi, maman ?

Alors j'ose demander une photo de la maison à Madagascar. Comme un flic véreux qui fait une enquête parallèle. Tu ne trouves que deux clichés. J'ai l'impression que tu sais, que tu sens. Mathieu pense qu'en tant que sorcières on communique, sans que rien n'ait besoin d'être dit. Comme ce matin où j'ai un mal de dents terrible comme l'an dernier quand on m'a fait un blanchiment, je m'en plains et tu appelles un instant après pour me dire que tu t'es fait blanchir les dents et qu'étonnamment ça ne te fait pas mal.

Je ne dors plus du tout. Ni cette nuit ni celle d'avant. Pas même un peu. Je ne suis pas fatiguée. Je me couche avec Mathieu. Parfois il dort et la télévision est toujours en marche. Je change mille fois de chaîne. J'attends que le sommeil me gagne. Rien que l'énervement, l'envie de courir loin. Alors je me lève et j'écris pour ne pas devenir folle.

« Comme vous avez de la chance. Si j'avais su écrire comme vous. »

Si les gens savaient le poids que ça pèse tous ces mots enfermés.

Je sais que ce sera mon dernier livre.

Les critiques pourront le couvrir de fleurs pour une fois, qu'ils se réjouissent c'est une couronne mortuaire qu'ils tresseront avec leurs lauriers, qui pèsera bien lourd et me laissera au sol. Et je deviendrai une fille comme les autres et puis je dormirai.

Je me couche avec le jour qui arrive. Le réveil sonne, je n'ai toujours pas dormi. La sensation de sommeil est là. J'accompagne les enfants à l'école et quand je rentre, je suis intacte. J'observe mon visage, rien ne paraît. J'ai mon âge. On ne voit pas vos absences, ni la tienne ni celle du sommeil.

Mathieu m'embrasse comme si j'étais la même. Je suis loin. J'ai quitté mon corps, des mots, des mots partout. Par-dessus mes cris, par-dessus mes orgasmes. Ça dégouline de phrases.

À Chilly-Mazarin il fallait finir son assiette.

On servait à maman du foie de veau qu'elle avait en horreur. L'odeur lui filait la gerbe. Même adulte, elle évoque ce plat avec des sanglots dans la voix. Quand elle me raconte ça, je sens une telle violence. À croire qu'elle mangeait, vomissait dans son assiette et ravalait le tout. Forcer les enfants à ingurgiter de la bouffe : un viol autorisé. Fallait finir son gigot, son riz, son flan. Finir. Papi Joe aimait à rappeler qu'en Indochine on mangeait ce qu'il y avait. À croire que les gens font la guerre pour avoir le droit de faire chier les autres ensuite.

Il aimait raconter ça. J'ignore s'il a tué des gens. Des Viêts. Il a des albums photo entiers. À seize ans, Papi Joe a quitté la maison avec des faux papiers et s'est engagé pour aller se battre en Indochine. À son retour il a pris des cours du soir pour obtenir son brevet de pilotage et cesser de bosser chez un opticien.

Il volait sur Air Inter. Fantasme permanent de l'uniforme, du flingue puis du grand avion dressé dans les airs.

Fallait finir son assiette. Fallait être un homme.

Un jour après avoir fui un restaurant car le plat du jour, du foie de veau sauce balsamique, empestait, Maman m'a dit : « Cessez de dire qu'il est si gentil Papi Joe. Un jour il m'a fait venir dans son bureau. Devant la peau de l'alligator qu'il a tué en Afrique. Et j'ai dû tout avaler. Tout. »

Benoît est là. Quelques heures avant il t'a vue planquer ton foie dans ta serviette, la tacher de sang puis la jeter après le dîner. Il se tait. Benoît se révolte toujours aux mauvais moments, mal, avec les mauvais mots. À contretemps. Comme le « t » de son prénom qui ne sert à rien. Il est du silence, il roule une pierre qui s'alourdit, une pierre de non-dit que tu tais toi aussi et moi à mon tour.

Je parle peu à mamie. Même quand j'en ai envie. Je me prépare à ce qu'elle n'ait plus le désir d'entendre ma voix. Quelque chose en elle me verra comme une meurtrière qui écharpe son fils une seconde fois ou comme une menteuse. Ou pire, elle me pardonnera, toute dégoulinante de bonté chrétienne. Je m'entraîne à reproduire sa voix dans ma tête. Je sais qu'avec ce livre, il faudra m'en passer.

Je remonterai mon col et l'avenue Jean-Jaurès, je laisserai le vent glacial me punir un peu. Je n'aurai plus de grand-mère.

Je n'aurai plus de famille. Je l'aurai sauvée et on m'en voudra d'avoir déplacé le destin.

Je vous ai parlé sur ton téléphone portable à ton frère Émilien et toi. Vous marchiez rue de Siam. Tout est détruit parce que le tramway passera au milieu et qu'on a éventré les rues. Votre enfance est taillée en deux comme Brest et ses deux artères, la rue de Siam et la rue Louis-Pasteur. Je vous imagine déambuler jusqu'au port de Recouvrance et aller mieux. Vous dire que vous auriez pu grandir là sous la flotte. Rester vieux. Dans cette ville bombardée, reconstruite à la hâte en pierre de chagrin gris.

Je me dis que vous ne parlez pas de Benoît mais qu'il est là, qu'il marche à côté. Il marche. Vous parlez de l'héritage de votre oncle Victor dont le testament a disparu. Vous êtes adolescents, vous vous liguez contre les anciens pour mieux vous entendre. Vous vous amusez. J'aimerais t'entendre rire. Aux éclats. Il est ridicule et charmant ton rire. Il est rare. Vous dormez tous à Brest dans la grande maison de la rue Inkermann qui sent l'humidité et la pisse. Ça me rassure de te savoir une jeune fille à nouveau, c'est le moment où tu étais toujours en vie. Tu dois encore reprocher à Émilien l'argent de poche qu'il grattait. Vous étiez convenus d'une technique. Il tirait la chasse quand tu ouvrais la porte et pareil au retour. Il était capable de veiller toute la nuit pour dix balles. Tu nous disais que tu partais danser, mais avec qui ? Je ne veux pas le savoir mais j'ai toujours adoré l'imaginer. C'est ce que j'ai fait en raccrochant, j'ai rêvé de ta jeunesse les yeux ouverts, puis ils se sont fermés doucement et j'ai fait une sieste qui s'est transformée en nuit dans ton rire dont je me suis souvenue plusieurs fois.

Ça n'a pas duré. Des litres de larmes. Tu m'as appelée comme si tu étais mon enfant et qu'il fallait que je vienne te chercher dans cette atroce colonie de vacances où l'on mange si mal et tout le monde est méchant avec toi. Ta cousine Évelyne arrivait de Colombie avec son mari et tu devais laisser la grande chambre parce que toi tu es seule, a-t-on dû te faire remarquer. Tu as pris les draps pour les mettre dans la machine. Tu avais dormi dedans trois jours. Et là, ça dérape, je ne comprends pas bien parce que tu renifles, une histoire de programme court ou de dépense d'eau. Et tu as dit à ta mère ce que tu pensais. Tu as lavé le linge sale en famille, c'est ça ? Tu me dis qu'il n'y a qu'à moi, qu'à moi que tu peux dire ça. Je tente de t'interrompre mais tu hoquettes. J'ai envie de te dire que je suis en train de prendre des notes dans ma tête. Je ne suis pas la bonne personne, je suis un vampire, je suis écrivain ai-je le temps de glisser mais c'est sûrement pour cela que je suis la seule à pouvoir t'entendre. Presque sous la dictée, j'écris dans ma tête.

Je hais ma mère Amanda, tu comprends.

Je suis désolée de te dire ça mais je la hais.

Je ne réponds pas.

Je me dis qu'on ne se dégage jamais de ses parents. Regarde-moi, je trimballe ton cadavre au restaurant ce jour-là. Peut-être que je parle seule ? Peut-être suis-je folle ? Je parle à une femme morte. Je l'imagine. Sans doute est-ce mon personnage imaginaire depuis mes six ans. On ne me dit rien pour ne pas me faire de la peine. L'assiette est sans doute vide. Je voudrais mettre la main dedans pour vérifier ou te toucher mais je n'ose pas.

J'essaie de te dire que tu ne peux pas me raconter, que je vais tout balancer dans mon livre mais tu fais mine de ne pas entendre ou tu vis vraiment cloisonnée ou tu en rajoutes ou tu ne me prends pas au sérieux mais tu continues.

Tu me dis que ta mère est une horrible bonne femme. Qu'elle se cache derrière ses chapelets et sa morale. Que ton père ne t'avait rien dit de mal sur elle mais qu'enfin il a avoué qu'il l'a retrouvée au lit avec Papi Joe. Papi Joe c'était son meilleur ami.

Je te trouve naïve et touchante. Ne sais-tu pas qu'on règle sa morale sur sa propre histoire ? Que ce n'est pas si important. Que passé l'adolescence on n'aime pas les êtres pour cela. Tu vas avoir soixante ans et tu en veux à ta mère de t'avoir demandé d'appeler Papi Joe : « Papa ».

Il ne fallait pas. Elle n'est pas responsable de tout.

Mais j'avais quatre ans, rétorques-tu.

Oui et tu savais déjà dire non ?

On ne pouvait pas Amanda, c'était une autre époque. C'est à cause d'elle que mon frère est mort. C'est une mère typique de schizophrène. Ton père me l'a dit.

On en revient toujours à cela.

Je suis embêtée parce que j'aime ma grand-mère. Infiniment. Avec ce livre je choisirai ma mère morte, mais je ne veux pas lui faire plus de peine qu'elle en a déjà eu. C'est sans doute un caprice d'enfant. Ma mère ne peut supplanter Benoît dans le cœur de leur mère. Elle aimera toujours plus cet enfant mort, il restera beau, révolté, œdipien.

Il y a eu plusieurs versions de ce jour-là. Je pense que c'est Émilien qui m'a raconté que Benoît venait de se disputer avec ses parents. Qu'il était parti énervé puis qu'elle s'était claquée, la porte, derrière lui. Maman dit que le loquet se fermait automatiquement quand on la rabattait avec violence. Et puis mamie et Papi Joe ont entendu le coup de feu. Combien de temps après ? Je ne sais pas.

Entre la dispute et le moment où il a appuyé sur la gâchette, Benoît a dû penser les tuer eux d'abord. Dans sa paranoïa, son délire de persécution, il a dû en vouloir à ce père tout-puissant et obtus qui lui enlevait l'amour de sa vie, son Œdipe à chignon. Finalement il a eu pitié. Ou il s'est infligé une autopunition, d'y avoir vraiment songé, d'avoir caressé son arme. Ou alors quoi ? Une partie saine de lui a regardé l'autre comme dans un miroir en dedans, puis l'un a tué l'autre lui.

Ou il s'est juste dit, on verra comme ils feront leurs malins si je meurs, on verra comme ils vont faire sans moi puisque je compte si peu que ça. On verra si elle survit elle. Ma mère. Et il n'a pas pensé un instant à la mienne. Il a tiré et puis c'était pour de vrai. Ce n'était plus une bêtise d'enfant.

Madagascar est l'autre moi de l'Afrique. Cette île est le symptôme schizophrénique du continent africain dont elle s'est détachée depuis des millions d'années. Les espèces sont presque les mêmes mais elles sont uniques, comme la flore. On les reconnaît presque, les oiseaux et les plantes. C'est une évolution bis. C'est ce qui s'est sans doute passé dans le corps de Benoît, un autre que lui, une alternative permanente à lui-même a poussé à l'intérieur.

J'ai écrit un mail à papa, je lui ai dit que je faisais des recherches pour mon nouveau livre et je lui ai demandé pourquoi les schizophrènes se suicidaient en général. « Le suicide est souvent l'indice d'un moment de terrible lucidité chez les schizophrènes qui comprennent en un éclair déchirant qu'ils sont fous et qu'ils ne guériront jamais c'est-à-dire que s'ils veulent rentrer dans le moule que la société imprime à tous ils doivent renoncer à leur mobile jusque-là secret y compris pour eux à savoir le complexe d'Œdipe. L'Œdipe de la tragédie ne se suicide pas mais s'aveugle dans un équivalent suicidaire lorsqu'il comprend. »

Et il m'a expliqué aussi la douleur d'un psychiatre qui parvient à soigner son patient mais pas à le guérir car le transfert est moins fort que la névrose. Il m'a raconté un patient qui lui avait demandé la permission de l'embrasser après une séance et s'est défenestré le lendemain. Dans ces mots j'ai senti la douleur. J'ai compris tous ces fils d'adoption qu'il n'avait pas pu sauver. J'ai aussi compris pourquoi il ne cherche pas à soigner Noë de son arche étrange qui traverse la vie à sa façon mais qui est bien là, lui.

Comme une ivresse qui dure, qui n'est pas déplaisante. Tant qu'on titube sans tomber. À la fin de son courrier papa m'a demandé de bien écrire et d'y « mettre mon cœur ». Il ne m'avait jamais rien dit d'aussi gentil.

Ça fait des bruits d'échafaudages qui s'effondrent. C'est métallique. Ça ne cesse de descendre.

Il y avait des tas d'étages sous mes pieds. Ce n'est jamais fini. Je ne peux pas dormir avec ces sons dans ma tête qui me tiennent éveillée et tendue. Et puis j'ai mes règles sans sang. Juste la douleur. Les échafaudages tombent mais mon sang ne veut pas couler.

C'est la nuit. Le premier jour de froid. Septembre.

Je me dis que Jean-Marc tombe aussi quelque part. Qu'il s'effondre sur un plancher. Chez lui. Dans son bureau de la maison d'édition. Sur un lino d'hôpital.

Qu'est-ce qu'il en fait de tout ça ? Des mots ?

Il y a quelques mois, je lui ai rappelé qu'il

m'avait envoyé une jolie lettre pour répondre à mon premier manuscrit. Il était inscrit avec son écriture, à la main, pas tapée par une secrétaire : « Vous êtes douée, sinon à l'évidence faite pour ça. » Et ces mots je les répétais en boucle dans ma chambre et ils me bousculaient et ils m'aidaient à écrire. Sans doute Viviane était-elle ravie que j'écrive alors. Elle pensait que j'étais un bon prétexte pour écrire à Jean-Marc qu'elle avait aimé jeune fille. Elle ne pensait pas que je me transformerais en monstre. Que je dévorerais la famille, nos secrets de mes inventions pour en faire un livre puis un autre.

Je suis face à lui maintenant. Son chevalier servant dont elle me parlait tant. Forcément décevant. Forcément mystifié. Un doux mélange. Comme ce qu'on ressent pour son père mais les proportions sont inversées. On ne leur prête pas les mêmes pouvoirs magiques. Il est devenu mon éditeur, et nous n'évoquons pas maman.

Pour expliquer mon nouveau roman à Jean-Marc, je lui dis que l'amour de ses seize ans est mort. Qu'il pense me publier, moi sa fille, avoir de ses nouvelles de temps en temps. La croiser, la trouver belle. Mais non elle était morte. « L'autre

Viviane, celle qui te téléphone parfois, c'est une fausse elle. C'est ça que je veux dire dans mon livre. Je t'ai écouté, j'ai jeté l'autre manuscrit. Celui avec une bonne histoire, qui aurait fait rire à la télévision, qu'on aurait vendu par caisses. Et j'ai commencé à écrire ça : la mort de ma mère en vie. T'as toujours aimé ça les causes perdues. Avoir du panache. »

On a déjeuné vite. C'était bruyant. J'essayais d'articuler. De trouver des sujets. Je savais que ça n'allait pas. Tu t'éloignais de la fille de transition, celle qui nous dégage des vraies histoires d'amour, qui aide à porter les cartons trop lourds pour un homme seul. Tu cherchais un appartement. Tu avais l'air épuisé. Tu m'épargnais encore comme une enfant. Les pages tremblaient dans mon sac. J'étais là pour une sentence. C'était tout.

Je sais que je suis décevante. Tu comprends bien ce que je veux dire. J'ai cette certitude que mon intelligence instinctive, ce que j'écris malgré moi, est beaucoup plus fort que ce que je pourrais dire, que ce à quoi je ressemble. Petite blonde, un peu belle avec ce défaut de prononciation. Jamais à l'aise, jamais fatale, jamais quelconque non plus. Une chose posée là. Qui attend un verdict. Mais ce que j'écris parfois nous dépasse. On le sait toi et moi. Pendant les déjeuners, je tâche de ne pas être trop con. J'essaie de te faire parler parce que je n'ose pas. Que pourrais-je bien dire qui ne sonne mieux sous mon stylo ? J'ai tenu jusqu'au dessert. On a partagé un tiramisu. Ou il n'y en avait plus. J'ai oublié. Des framboises ?

Tu as lu dix pages devant ta tasse qui refroidissait et moi j'avais chaud, j'avais honte. J'ai bu moi aussi un café alors que ce goût m'est détestable.

Je voulais être une paupière close tout en entier, que de la peau recouvre ce que je suis comme de la pâte à pizza. Comme le sein de Roth, n'être plus qu'un sein.

On m'a appelée quelques jours après. Une fille de la maison d'édition. Que je connais mais dont le prénom m'échappe entre ses messages. Il fallait que je la rappelle, c'était urgent. Elle m'a dit que tu allais devoir t'absenter quelques mois. Elle n'a jamais prononcé le mot.

« Malade » elle a dit… ou même pas. Elle a dit « traitement ». J'ai demandé si « c'était pris à temps ». Elle a dit oui, elle a dit : Jean-Marc a une fille médecin…

Les analyses étaient mauvaises mais il est entre ses mains.

Une fille médecin.

Et moi je suis à peine écrivain sans lui.

Pendant des mois il ne pourra pas être là et puis moi je pourrais t'appeler toi la fille sans prénom.

Je suis sur le point d'écrire la mort de ma mère. Comment espères-tu que je t'explique ça gentille fille sans prénom ?

Je pouvais le faire avec lui parce qu'il l'a connue. Parce ce qu'il l'a aimée. Parce qu'elle en était folle.

Il m'a dit : C'est fort Amanda, c'est très fort. C'est le livre qu'on attendait.

Jean-Marc comprenait à cet instant qu'on pouvait être mort et tout à fait en vie.

Je te l'ai dit il y a quelques jours maman. Je te l'ai dit et je l'ai prononcée cette maladie ; j'ai diagnostiqué le mal de Jean-Marc qu'on ne dit pas à haute voix comme si le mot l'aggravait. Maman, tu as eu l'air peinée. Même pas pleuré. Même pas mal... Moi j'ai dit le mot.

Si mon amour de jeunesse va à l'hôpital, j'irai le voir. Quand nous avions dix-huit ans, le garçon que j'aimais m'a fait croire qu'il mourait d'une tumeur au cerveau. Qu'il ne fallait pas que je le quitte. Qu'il fallait comprendre l'alcool et la drogue et les nuits bien sombres. Et puis il est resté bien sûr. Et il m'en a voulu d'un millier de choses. La vie était déjà compliquée avec lui, pourtant nous n'en connaissions rien. Il ne savait pas exprimer sa peur de la fin des choses. La fin de l'amour. Alors, il inventait des histoires. Comme moi, comme Jean-Marc, il en a fait son métier. Si Nicolas meurt pour de bon cette fois, j'irai. Même s'il ne reste que le pire de lui, même s'il est méchant et désagréable. Même s'il me dit : Qu'est-ce que tu fous là ?, j'irai. Au nom de celle que j'ai été, qui vit toujours quelque part dans ces détritus d'histoires. Toi maman, tu ne m'as pas demandé si tu pouvais le voir. Peut-être que tu essaies en cachette ? Peut-être que tu es mon complice Jean-Marc ? Que c'est un moyen de la faire revenir ?

J'ai présumé que c'était ça ta maladie Jean-Marc. Ne m'en veux pas. Et n'en veux pas à ma mère de ne rien ressentir, je ne vais pas te rappeler page après page qu'elle est un cadavre glacé.

Jean-Marc, tu as dit qu'on ne devait pas t'écrire. Pas l'appeler, pas de SMS. Pas de lettre. C'est son souhait, a dit la fille sans prénom.

Alors je le respecte. On les tient les promesses qu'on fait aux morts-vivants ? Qu'ils exigent de nous. À distance.

J'ai annulé l'organisation de la cérémonie d'entrée comme chevalier dans l'ordre des arts et des lettres. Mes enfants trouvent ça nul d'être un chevalier sans armure. J'ai même pas de cheval. Pas de lance. Un stylo qui fuit. Même plus d'éditeur. Mon père a dit : Ce n'est pas à lui qu'on la remet.

Pendant ce déjeuner tu m'as dit que toi tu l'avais toujours refusée cette décoration et les autres. Je me suis sentie un peu minable. Il a fait une blague et puis j'ai ri. J'aime ça l'insolence raisonnable de Jean-Marc. Tu as gardé la tienne maman mais l'insolence chez les femmes qui vieillissent devient une hystérie bourgeoise. C'est injuste mais c'est ainsi.

Comment espères-tu que j'écrive ce livre désormais ? J'ai rien. J'ai pas une page. Celles que tu as lues c'est que dalle. J'ai une vague demande d'autorisation à ma mère. J'ai rien.

C'est pathétique un roman dans ces moments-là, n'est-ce pas ? Même pour nous, Jean-Marc. Même pour nous qui en vivons, qui croyons vivre grâce à ça ? C'est même pas une béquille. C'est même pas le début d'un échafaudage. Si tu montes sur tous les livres que t'as écrits, tu prends quoi ? Dix centimètres ? Ça valait la peine tout ça ?

Moi j'ai la trouille de dire à ma mère qu'elle est morte. Toi tu m'as lue et tu as murmuré : Ma pauvre Viviane. Mais tu m'as dit faut y aller, tu m'as dit que le livre d'un écrivain sur sa mère c'était son seul vrai livre. Mais ça n'empêche pas la maladie qu'on ne nomme pas de te ronger la gueule et la dame sans nom de chez Stock de m'appeler.

Et puis qu'est-ce que je ferais d'un roman si tu n'es pas là pour le lire ? Je vais te l'apporter dans une salle blanche où tu dormiras la bouche moite de médocs et sans cheveux ?

C'est moi qui te tue Jean-Marc ? Tu crois que c'est moi ? Si j'explique que maman est morte alors tout s'en va. Son amour de jeunesse n'est qu'un vieil homme de plus.

Et cette fille médecin ? Je connais les petits. Je connais Gabriel. Mais elle ? Elle existe pour de bon ? J'en suis un peu jalouse, tu vois. Tu as dû te dire cent fois… Médecin oui, elle m'aurait fait lire un putain de roman, quand même, ça aurait été mieux. Et là c'est une revanche. Tous ces corps dégoûtants qu'elle a palpés avant prennent un sens dans le tien. C'est peut-être un cadeau que tu lui fais ? Comme ma mère va m'offrir sa dépouille, que j'en fasse un livre de plus.

Je m'effondre et je dors, une heure volée à la vie. J'émerge la bouche pâteuse et les mains moites. Je vois Benoît de loin, il semble gribouillé, je n'entends plus sa voix.

Maman, je suis fichue. Si j'écris ce livre, si jamais tu m'en donnes le droit, Jean-Marc va y entrer en fracas. Après, il me dira : Qu'est-ce que je vais faire de ce texte Amanda ? Tu comprends bien qu'il m'est impossible d'aller le défendre. Il m'en voudra. Il trouvera ça mauvais. Il le déchirera. Il l'interdira. Il en arrêtera la lecture quand son nom arrivera. Il me dira : « Vois ça avec la fille sans nom. » Et il sera devenu comme papa. Sans cheveux. Sans admiration pour moi. Alors la fille sans nom ment et ces gens qui murmurent dans Paris, comme si c'était un ragot, balancent des sornettes, et puis t'es pas malade. C'est décidé. Quand le fantôme de maman m'en donnera l'autorisation, je commencerai à écrire mon roman.

L'envie est venue juste après. Elle a grandi avec mon sommeil. Un ami m'a raconté qu'il quittait la robe d'avocat trois fois par semaine à l'heure du déjeuner pour s'entraîner. Mon amie Carole, sa femme, l'accompagnait dans toutes les capitales où il courait le marathon. Elle me parlait voyage, culture, shopping et couples. C'était leur truc à eux. Moi je pensais courir, courir, tenir quarante-deux kilomètres, c'est possible ? Même pour moi ? Je n'écoutais rien, mon corps semblait déjà agité des mouvements de la course.

J'ai vu le médecin. Ça l'a fait sourire. La troisième cette année.

Je suis un cumul de banalités statistiques. Les femmes après la trentaine veulent courir le marathon. On se précipite derrière notre jeunesse qui s'éloigne. Comme Benoît et les statistiques sur le suicide, je viens enrichir celles des marathoniens. Mais je me moque d'être un numéro. Je vais courir quarante-deux kilomètres et ressusciter ma mère. Jean-Marc se fout de ma gueule. Il se demande s'il ne va pas se remettre à fumer. Provoc. Chouette provoc. Mamie trouve ça très bien. Papi Joe « aurait été fier de moi ». Il faut penser à « finir mon assiette » pour être en forme. Je dois courir trois fois une heure par semaine pour commencer l'entraînement. Je pars tôt, avant que le monde ne se mette en mouvement. Je descends dans le parc en nuit et c'est la vie que je rattrape. Je cours après ces heures vaines. Je reprends mon temps. Comme si c'était possible, comme s'il y avait du temps pas perdu. La petite fille à l'arrière du vélo ne veut plus ralentir la course, elle n'a plus peur de rien. J'appréhende mon corps comme s'il était neuf. Je suis un pilote de course avec une occasion qui peut lâcher à tout moment. Je dois m'étirer, me masser. Moi qui n'ai jamais pris soin de ma peau, il faut que je me dorlote jusqu'aux os. Quand je rentre mouillée, souvent découragée, je réveille mes garçons avant de prendre ma douche. Ils tapent de leurs petites mains pour me féliciter. Ils me disent que je suis une championne. Ça glisse, c'est moi l'enfant qu'on félicite. Le voilà le chemin de la vie, devenir les parents de ses propres parents. Tu n'es qu'une ado maman, tu ne ménages pas ta mère. La colère est restée en toi et a bloqué votre temps qui se perd quand même. Le curé de mamie pense que c'est une « bien bonne chose ». La société victorienne a été très influencée par ce qu'on appelle le christianisme athlétique. L'idée c'est que les valeurs apprises en faisant du sport sont celles qui vont vous guider toute la vie. Benoît faisait de la moto, Denis du football, et toi du twist. Émilien n'a jamais dû faire grand-chose ou un peu de tout. Il se prend essentiellement pour James Bond... On en revient à la société victorienne. La légende veut que James Bond ait été viré d'Eton pour mauvaise conduite avec une bonne à tout faire. À Eton, on joue au *five*. C'est comme une sorte de jeu de paume sur les murs de la vieille chapelle gothique. Au pays des Beatles on nous apprend à jouer contre et grâce à la tradition. On prie dans l'église mais aussi sur son toit. On chante au lever du soleil avant une partie de football ou de *wall game*. Un jeu qui a été inventé là-bas.

Je n'échappe pas à la famille, au christianisme athlétique. Je me sacrifie à la douleur de la course pour enfin me sentir le droit d'avoir survécu. Comme le Christ est revenu de chez les morts. Mais je suis juive, alors c'est le marathon de New York que je veux courir.

Jésus superstar. Woody Allen en Reebok.

Maman me parle de Budhia, un enfant indien né dans un bidonville et adopté qui a défrayé la chronique parce qu'on lui a fait courir le semi-marathon de Delhi. Il a été vendu par sa mère pour quelques roupies à un professeur de judo qui affirme qu'il entraîne Budhia pour son bien. Je lui confirme que c'est inenvisageable, aucun enfant ne peut trouver de plaisir à faire cela, Viviane me répond que je n'ai pas le monopole du masochisme. Noë est venu pour le goûter. Il aime jouer avec mes enfants. Il m'a apporté des films de famille. Ils participent tous à mon travail comme si je les piquais avec un stylo vaudou. Je lui dis que je voudrais que mon prochain roman parle de Benoît et de maman. Je lui explique avec mes mots qu'elle est morte et qu'il a à peine connu sa vraie mère. Elle, si différente sur les films, celui de son mariage, celui où elle danse pour papa avec un sourire coquin sur la terrasse à Tunis. Il comprend ce que je lui dis. Il est si fin Noë, si sensible. Il ne se souvient pas de cette maman et pas de Benoît, c'est comme une image, une idée de quelqu'un. Il me raconte l'enterrement pourtant. Tu savais ça ? Peut-être mais j'ai dû oublier... Chacun connaît une histoire, on a tous grappillé des morceaux d'anecdotes et je vais reconstituer le puzzle dans le chaos de ma propre vie. Quand mamie et papi sont arrivés pour enterrer leur fils de vingt et quelques années, on leur a dit qu'ils avaient trop pleuré à l'église : « C'est fermé ! » La nuit tombait et les employés du cimetière partaient. Il n'y a pas eu d'exception possible. L'heure c'est l'heure. Même les croque-morts sont syndiqués. La mort ne voulait pas de Benoît. Ce n'était pas son temps. À Madagascar, on demande au sorcier à quel moment de la journée les esprits attendent le corps, et on s'y tient. C'est le *mpanandro* qui connaît les secrets des astres, les flux énergétiques de la terre, qui sait comment on doit orienter les maisons, les tombeaux et quand les choses doivent être faites, c'est lui qui aurait dû nous dire ça.

Papi Joe et les fils qui lui restaient ont pris le cercueil et l'ont descendu eux-mêmes. Je ne sais pas si mon père les a aidés. Je ne sais pas si tu étais là, maman. Tu n'as rien pu faire avec tes petits bras. Non, la mort ne voulait pas de lui. Il doit être coincé entre deux mondes. Violette arrive au cours de la conversation. Elle rectifie. C'est le père de maman qui a descendu le cercueil. Papi Joe ne pouvait pas. Il n'en était pas capable. C'est le père de maman et un des fils du premier mariage de Papi Joe. En tout cas c'est un père qui a mis un fils sous terre et ce n'est pas l'ordre des choses. Ça fait dérailler toute une famille pour des tonnes d'années. Nous parlons longtemps tous les trois avec notre langue à nous. Comme les tribus malgaches. Nous nous disputons gaiement. Nous parlons de tout, librement, comme à notre habitude. Je ne me tais pas pour qu'ils ne s'aperçoivent pas que la nuit est tombée. Je voudrais qu'ils ne partent jamais. Ne pas avoir quitté l'enfance, vivre avec eux.

Comment faire le deuil de ce premier amour ? L'amour fraternel. De cet œdipe-là, on ne parle jamais. On n'est pas élevés côte à côte mais ensemble, parfois l'un contre l'autre. On se construit avec la place qu'il reste, comme des arbres dans une forêt. Et le tronc qui sera joli incliné quand l'arbre voisin est droit n'est plus qu'un arbre tordu quand il est seul. Benoît s'est tué alors qu'il était seul à la maison. Au milieu du couple parental.

Ces deux-là s'aimaient. Mamie et Papi Joe. Ils étaient des amoureux. Ils se regardaient comme des adolescents. Papi surtout. Il dévorait mamie des yeux. J'aimais quand, petite fille, mamie revenait dans la chambre après m'avoir couchée. Je voyais alors sa longue chevelure qui lui couvrait le bas du dos et qu'elle relevait en chignon le reste du temps. Ses longs cheveux qu'elle réservait à Papi Joe. Ils étaient bien peignés le soir sur sa robe de chambre bleue. Je me disais que la nuit ma mamie était princesse en secret. Quand on se réveillait chez eux, il y avait une odeur de pain grillé et de confiture de mûre. C'est papi qui beurrait nos tartines. On venait souvent chez eux. À notre façon, additionnés tous les trois, on devait avoir la masse corporelle de Benoît. Nous avions échoué à le sauver mais on guérissait nos grands-parents de leur chagrin. Sûrement j'ai dû absorber des regards, enregistrer des silences, des malaises ou des larmes mais tout est oublié, tout est dans un coin, comme une vieille malle au grenier de mes souvenirs. Il me semble souvent qu'elle est sur le point de tomber et de s'ouvrir dans un nuage de poussière. Dans ces moments-là, j'enfile une tenue de jogging et je m'enfuis. Je m'assomme de course jusqu'à l'oubli. Quand le ciel s'assombrit trop, je fais la liste de ce qu'il y a de magique. J'écoute de la musique et je récapitule.

Mes enfants. Leur odeur qui me relie à eux comme une mère animale.

Le silence d'un jardin.

Le sommeil.

Les fous rires.

Les gâteaux japonais.

L'amour qui naît, juste avant de s'effleurer, juste avant de se le dire. Juste cette parcelle de désir entre deux lèvres qui ne se sont pas touchées.

Le soleil en hiver.

Les pages blanches comme des promesses.

La marmelade.

Les marches solitaires.

La musique.

Et le visage de Benoît me rattrape.

Rien ne l'a donc gardé en vie ?

Pas le bruit de la pluie quand les paupières sont lourdes ?

Le goût d'un grand vin blanc de Bourgogne qui envahit les sens.

L'amour, le sexe, la peau d'un autre.

Un livre qui nous transporte.

Les choses que l'on comprend.

Benoît a dû vouloir rejoindre son jumeau mort-né. Il s'est dit qu'on aimait toujours mieux les enfants morts. Et encore une théorie puis une autre. Comme si on était fait d'un bloc, qu'il y avait une seule réponse à chaque question. Comme si la vérité allait faire surface.

Je tente de chasser Benoît de ma tête. Moi aussi j'ai froid. Moi aussi. Je tâche de lui répondre mais il ne pense qu'à sa douleur, qu'à son froid qui s'étend comme une fissure dans le sol et vient briser ma vie. Je suis prise d'une obsession des statistiques. Je me dis que c'est là qu'est la clé. Je cherche sur internet, je fouille pour découvrir des raisons. En les recoupant toutes, sûrement, je comprendrais.

Les femmes restant au foyer se suicident plus que celles qui travaillent.

Dans les pays développés, qui publient des statistiques utilisables, les suicides représentent environ un pour cent de la mortalité.

Les femmes font plus de tentatives que les hommes.

Les suicides sont plus fréquents d'avril à juin.

En France, un suicide toutes les cinquante minutes.

Je cherche plus, je veux savoir, c'est là sous mon nez, c'est certain. Je vais vous expliquer la raison et toute la famille pourra enfin respirer normalement.

On compte un suicide réussi pour huit à dix tentatives.

Environ cent soixante mille tentatives de suicide par an en France. Je me demande si les DOM-TOM sont compris. Et je me dis qu'à Madagascar c'est sans doute moins. Je pense que si vous étiez restés là-bas, Benoît serait en vie maman. Et puis je m'énerve. C'est un assassin Benoît. Il n'a pas tiré que dans sa tempe. C'est un truc de boucher. C'est un serial killer. Il a flingué toute sa famille. Ce salaud.

Quand Papi a enfin forcé la porte, qu'est-ce qu'il a vu de lui ? Était-il allongé ? Debout ?

Tombé ? Assis sur son couvre-lit brun ? Tenait-il le pistolet ? L'a-t-il lâché en tombant ? Est-ce qu'on a dû le lui enlever des mains parce qu'elles étaient recroquevillées autour ? Que portait-il ce jour-là ? Est-ce qu'il était nu ? Le suicide est le sommet de l'auto-érotisme sombre. Le négatif de l'amour de soi. C'est comme tomber sur une branlette rentrée. Une castration. Est-ce qu'il y avait du sang ?

C'était ces petits verrous qu'on pousse de l'intérieur. Ces petits boutons sur les poignées de porte. Tu me les as montrés cent fois Viviane. Tu m'as expliqué que ce n'était pas fiable, qu'on pouvait rester enfermé avec. Il avait une balle dans la tête maman. C'est ailleurs qu'il était enfermé. Ce n'est pas la faute du loquet. Ce n'est pas que les pompiers ont mis trop de temps. Il était enfermé depuis longtemps déjà et je ne sais pas s'il est parti bien loin. Le loquet lui a juste donné un peu d'avance.

Il y a des années, mon ami Aurèle s'est pendu. On l'a sauvé. Antidépresseurs. Psy. Je l'ai croisé au printemps au Queen avec une écharpe. Il ne voulait pas qu'on voie la trace sur son cou. Ça m'a fait danser, boire. J'ai voulu l'embrasser pour le sauver et pour une fois c'est moi que j'ai protégée. Je savais pour le loquet. Je me suis enfermée cent fois, mille fois dans les toilettes chez papi et mamie et toujours le loquet a marché.

Six mois après, Aurèle a été retrouvé à demiconscient, le foie détruit par les médicaments et tout le bordel qu'il avait avalé deux jours avant. Il a pu dire au revoir, il a pu dire qu'il voulait vraiment crever sur le chemin de l'hôpital. Loquet fermé. J'aurai dû lui faire un baiser d'adieu. C'est Thibault qui m'a prévenue. J'étais enceinte. Je prenais l'avion pour Pau. Je n'ai pas fait demitour. J'ai protégé mon fils à naître de l'enterrement. Les portes ne ferment pas dans ma maison. Je ne peux pas prendre ce risque.

Je suis une fille en chantier. Un de mes constructeurs est mort avant les finitions. Ma féminité est boiteuse. Pourtant, avec la maternité, des seins me sont poussés et ne sont jamais partis. Même quand mes petits m'ont tétée, même quand ils m'ont mis les tétons en sang, mes seins sont restés. Je n'ai pas bu le lait de maman. J'étais en couveuse pour des raisons médicales. Nous devions être séparées. Je ne l'ai retrouvée qu'au bout de quelques jours. Ensuite, je me suis détournée des biberons. Vite on m'a donné de la tisane. J'ai toujours eu le lait en horreur. Je suis partie courir à l'aube. À jeun, comme toujours. Ce matin, il faisait très froid et j'ai fait un malaise. Je suis tombée sur une pierre. De tout mon poids, j'ai mis une main devant moi mais trop tard. Mes genoux sont écorchés. J'ai un œil bleu. Mathieu s'en amuse. Il m'appelle « la femme battue ». C'est le spectacle de Noël de l'école. Mes fils ne veulent pas qu'on me voie comme ça. L'un d'eux me propose son cache-œil du capitaine Crochet.

Viviane est arrivée avec de l'arnica et une mallette. J'ignorais que ma mère savait se maquiller. Elle m'annonce fièrement que ses amies indiennes lui ont « tout appris ». Viviane a atteint l'âge auquel le naturel n'a plus aucun charme. *Aina*, dis-je. Et elle me dévisage, je sens que mon secret est percé. Benoît visite peut-être les rêves de Viviane. Sans doute qu'il cafte tout. Elle a commencé par me mettre de la crème hydratante. Je ne me souviens pas que maman m'ait touchée. Même petite. J'ai tout oublié maman. Des couches et des câlins, il ne reste rien. C'est injuste, je le sais. Comme mère, je serai punie par l'oubli à mon tour. Mais c'est ça sans doute qui me tient en vie, ces gestes oubliés.

Quand ma peau a bu toute la crème, elle a mis du fond de teint sur une éponge et elle l'a appliqué sur tout mon visage et mon cou. Elle allait doucement. Je pense qu'elle était émue de me toucher à nouveau. Moi qui suis si distante. Je m'en excuse. J'ai cette armure qui me précède. Elle est arrivée avec moi.

Ensuite mes yeux.

Regarde vers le bas.

Des coups de mascara. Là, là.

Puis du fard à joues.

Voilà. Comme ça, ça te va ?

On ne voit plus le bleu. On dirait un *smoky-eye*. C'est à la mode.

C'était marine dis donc !

Comme les livres que tu écris. Couleur d'hôpital.

Tout a disparu.

Elle me tend un miroir.

Et je pleure. Je fous le maquillage en l'air.

Nous sommes le 24 décembre.

Tu es allée fêter Noël à Bénodet avec tes deux parents divorcés et veufs désormais. Tu vis ton fantasme de gosse de huit ans. Tu m'envoies un e-mail pour me dire ce que tu penses taire depuis des années : tu la hais cette mère. Elle est raciste, elle est con. Elle a tous les défauts. Sur ton mail, JE LA HAIS est en majuscules. Tu accomplis enfin ton œdipe. J'en ris. J'en ris comme une vieille dame qui sait que tout passe. Qui sait que la haine, c'est toujours un sentiment.

J'imagine la table ronde. Du foie gras. Une bonne bouteille de vin. Heureusement qu'il y a des élections à venir. De quoi d'autre pourriez-vous parler ? Je me demande où est parti le bout de vie que Benoît s'est enlevé. Qui en hérite ? Et la vie sous anesthésie de maman ? Elle compte pour une vie entière ?

Je me souviens d'un Noël, j'avais douze ans. On habitait Bordeaux avec papa. Il venait de prendre la direction de la clinique psychiatrique de la ville. C'était « son » année. Un Noël sur deux. Un nouvel an sur deux. Le juge l'avait écrit noir sur blanc. Et le juge décidait. Ma fausse maman était arrivée en fin de matinée de Paris pour passer la journée avec nous. Elle voulait nous voir quand même. Il était important qu'on se voie. Dans sa voix la veille, papa a dû sentir que maman serait morte d'une chose ou d'une autre si elle ne nous avait pas vus.

Papa ne fêtait pas Noël mais sa jeune compagne cette année-là voulait conforter ses jeunes enfants dans le délire du gros mec rouge à barbe blanche. On avait installé un sapin au milieu du grand salon. Il fallait qu'on soit là, qu'on fasse bonne figure avec d'affreux pulls qui piquent. Le mien était décoré d'un bonhomme de neige.

On fêtait Hanoukka les années père.

Il neigeait des cargaisons de flocons. Ça virevoltait, les gosses étaient contents, ils ouvraient la bouche. Ils sautaient la langue pendue comme des assoiffés. Ça les faisait rire que ce soit de l'eau.

On est partis avec notre mère tous les trois devant ce spectacle affligeant pour une ado. Dans un café. On a bu un chocolat. Tu nous as offert des cadeaux maman. T'avais pas beaucoup d'argent et c'était beaucoup pour toi. J'avais eu un Walkman. Les autres je me souviens plus. Moi un Walkman avec une cassette de Madonna.

Tu nous as serrés fort quand tu t'en es allée. Avec papa, vous ne vous parliez pas. Il a hoché la tête. Ça voulait dire qu'il était temps de t'en aller. Je t'ai vue t'éloigner à pied, remonter ton col. J'avais envie de courir et d'enrouler mon écharpe autour de ton cou, comme un cordon ombilical que je rattacherais entre nous mais cette fois je voulais te nourrir moi.

Papa nous a dit d'aller « nous faire beaux ». On est montés dans nos chambres. Ma sœur n'a jamais rien eu à faire pour être belle. Sa peau est parfaite et son regard direct est désarmant. Moi je peux n'être rien et la plus jolie des femmes, mais je ne décide pas de l'instant. C'est ainsi.

Je n'ai jamais su me maquiller et aujourd'hui encore, je me gribouille parfois et j'enlève tout. On me croirait déguisée. En sortant de la douche, je n'ai pas beaucoup réfléchi. Ça me paraissait être la bonne chose à faire. J'ai enfilé un jean, un bonnet, mon duffle-coat sur un pull qui grattait. Je ne suis pas entrée dans le salon, je n'ai prévenu personne, je suis sortie avec mon Walkman dans la poche et sur les oreilles ces petites mousses accrochées au casque en plastique.

J'ai marché une bonne heure.

Papa Don't Preach 4:29

Open Your Heart 4:13

White Heat 4:40, j'accélère le pas et la chanson que je n'aime pas. Je fwd…

Live to Tell 5:52

Where's the Party 4:21

True Blue 4:15

La Isla Bonita 4:02

Jimmy Jimmy 3:55

Love Makes the World Go Round 4:35

J'ai vu se profiler la gare, j'ai avancé plus vite, l'une des protections en mousse se décollait déjà de mon casque mais j'ai couru au risque qu'elle tombe. Je voulais te montrer que je t'aimais, que j'avais senti ta détresse, que je ne te laisserais pas pleurer. Comme si j'avais été moi ta mère.

J'ai failli crier « maman » mais je me suis dit, si elle pleure, avance doucement, ne l'effraie pas.

Je t'ai reconnue de dos.

Sur le quai tu embrassais un homme.

Quand je suis rentrée, Noël avait été gâché. J'ai reçu une gifle.

Pour une fois je pensais ne tuer personne mais je le tue à mon tour et vous tous et vos petits arrangements avec la vérité, je la flingue pour faire triompher ma vérité, moi qui ne sais pas grand-chose de cette histoire. Moi et mon objectivité déformée par mon métier. À part la nuit et la littérature, rien ne nous détourne du destin. D'après la loi du talion, qui est profondément enracinée dans la sensibilité humaine, et qui est celle du judaïsme, religion que tu as endossée par amour pour mon père : un meurtre ne peut être expié que par le sacrifice d'une autre vie ; le sacrifice de soi renvoie à un crime de sang. C'est donc toi qui as offert ta vie ?

On retire les échafaudages de la façade de l'immeuble. Les ouvriers ne me connaissent pas.

Nous avons vécu un an à quelques mètres. Ils rénovaient une façade à coups de karcher et moi je détruisais une famille avec un tout petit stylo.

Ils partent monter un autre échafaud ailleurs. Une des toiles transparentes qu'ils tendent entre leurs barres de fer s'envole devant moi. On croirait qu'un fantôme danse.

Nous sommes à New York depuis quatre jours. Le marathon a lieu demain. Au hasard de nos déambulations nous nous retrouvons devant Ground Zero. On essaie de choper un taxi. Mathieu a gâté les enfants, il trimballe des sacs pleins de jouets. Je ne porte rien. Il me croit capable de courir quarante-deux kilomètres demain mais toujours pas de soulever quoi que ce soit ni même de marcher trop longtemps.

Il décide de manger un hot-dog et de s'asseoir là. Nous savons tous deux où nous étions le jour du 11 septembre. Bien sûr. C'est une question de deuxième rendez-vous désormais. Je sais qu'il se mariait quelques jours après avec la mère de sa fille. Il faisait les essayages pour son costume. Et je ne veux pas le savoir. La partie jalouse de mon corps pèse déjà trente-six tonnes.

« C'était la fin du monde. On n'a pas réalisé tout de suite mais c'était la fin du monde », dit-il.

Je comprends. Et ce monde c'est un peu moi. Un peu Benoît. Un suicide dont on a du mal à comprendre les vraies raisons. Ben Laden a tué son moi avec les tours. Ben Laden en croyant flinguer l'Occident a tué les deux mondes à la fois. Toutes les révoltes qui naissent, ne savent pas quoi demander en échange, juste plus ça, une autre chose qu'on attend. Pas comme vous. Pas comme avant. Pas « aller de l'avant » mamie. La schizophrénie culturelle mène aussi au suicide. Ben Laden croit assassiner mais il oublie qu'il suicide aussi ses idées. C'est un dommage collatéral. Ne sautez pas de joie dans les rues peuple palestinien heureux de votre meurtre, vous êtes morts avec les Américains que vous désignez comme vos ennemis. Vous avez suicidé une civilisation. On l'a sortie mille fois du tombeau, on l'a retournée. Il faudra en enfanter une autre quand on en sera guéri.

Y avait-il quelqu'un d'autre que vous à l'enterrement de Benoît ? Une amoureuse ? Un homme qui l'aimait ? A-t-il été aimé ? D'un amour charnel, passionné. A-t-il été désiré ?

Papi Joe et maman avaient vu un astrologue connu et ils avaient tout enregistré. À la maison tout le monde a pu consulter ce que l'avenir leur dirait, le magnétophone posé sur la toile cirée. Il s'appelait Barbaut le mec et il disait que Benoît avait des tendances homosexuelles. Il avait quatorze ans.

Je n'arrive pas à dormir pour la dernière fois. Mathieu me prend dans ses bras, il me fait l'amour. Il me regarde dans les yeux, il me dit qu'il m'aime. Que mon corps a fondu, qu'il veut retrouver mes seins. Puis il s'endort. J'ai peur de tout. De rater le réveil, de ne plus pouvoir avancer, que mes jambes se brisent. Il est cinq heures du matin. New York est toujours en nuit. Le téléphone sonne dans la chambre juste après mon portable et mon réveil. C'est ridicule ! C'est une fanfare. Mathieu râle. Je prends ma douche. Je bois un thé. Je ne mange pas. Je me déguise en marathonienne. Je dois rejoindre la ligne de départ avant six heures trente. C'est très organisé. On m'a attribué une heure et un emplacement de départ. Les rues sont bondées. Je monte dans un taxi pour rejoindre le quai du Staten Island Ferry qui quitte le terminal Whitehall dans le Sud de Manhattan. Un Indien au nom imprononçable conduit en se marrant. « *Marathon ! Marathon ! After what exactly are you running ?* » Il a raison. Pourtant on court tous après quelque chose. Ceux qui le font savent. On a une bonne raison dans le regard. Serrés sur le ferry puis dans le bus à destination de Fort Wadsworth. Je fais partie des coureurs qui partent à sept heures et demie. On se regarde, on hoche la tête. C'est une grande messe. Une secte en mouvement. Un petit déjeuner géant attend les coureurs. J'ai mangé des pâtes hier soir, je ne peux plus rien avaler. J'ai peur.

Nous sommes presque cinquante mille à Staten Island à attendre le départ avant de nous élancer sur le Verrazano-Narrows Bridge. Cette image du marathon, le pont croulant d'êtres d'espoir et d'envie qui s'élancent, je l'ai vue tant de fois. Me voilà dans l'image. Je ne suis pas extérieure à mon rêve, j'y suis mêlée, mes jambes qui se suivent et me portent me le confirment. Je suis seule mais les gens sourient. Ça y est, c'est à nous. Les spermatozoïdes s'élancent en quête d'une maman. Ne surtout pas s'emballer. Garder le régime, comme un métronome de peau et d'os.

J'ai deux rendez-vous avec Mathieu. Le premier à l'angle de la première avenue et de la soixante-douzième rue. Ça m'angoisse ces rues quadrillées et logiques. J'aime les rues de France. Les deux mille avenues Victor-Hugo, les boulevards de la Liberté, celles aux noms oubliés, les boulevards Maurice-Barrès aux airs de collabos, les avenues Charles-de-Gaulle si nombreuses qu'elles en deviennent anonymes. Les rues aux noms qui sonnent, les rues promesses de rendez-vous d'amour : Quincampoix, Rosa-Bonheur, Chanaleilles. J'aime les histoires, les chiffres je m'y perds. Le second rendez-vous si j'y parviens est entre la cinquième avenue et la cinquante-neuvième rue. Il va falloir que je me récite des centaines de milliers de noms de rues, que je garde le rythme, que je ne m'épuise pas, que je n'accélère pas, que je sois un métronome.

Mouffetard.

Fleurus.

Blanche.

Je rencontre mon corps dans son intimité extrême.

Balzac.

La-Gaieté.

Joseph-Barra.

La-Trémoille.

Elzévir.

Les gouttes de sueur coulent. Elles me semblent glaciales. Je sens chaque muscle. Je respire pour la première fois entre les moments où je cherche mon souffle. Je ralentis pour manger, je me gave de sucre, je bois. Je marche vite. Il ne faut pas lâcher. Je suis portée par les cris. Je veux voir le visage de l'homme que j'aime. Je repars. Le voilà qui me regarde. Amour ! Il crie mon nom. Pour la première fois c'est « Amour ! » que j'entends. Pas « celle qui doit être aimée » par l'impératif mais celle qu'on aime. Je comprends qu'il est là. Le second souffle arrive après l'épuisement et délie mon corps à nouveau. Le second souffle qui me délivre. Le second souffle de ma vie. Je plante l'ancienne Amanda loin derrière. Je sème Amanda. J'abandonne l'amour qui m'a créée, je vais vers celui qui me fait courir. La course ressemble à l'écriture. Je suis partie pleine d'espoirs et de certitudes et ce qui est arrivé je ne l'attendais pas. Seule la fin, désignée comme mon point de capiton, me tient en mouvement. Je déroule mes jambes comme on tombe toujours plus bas, dans un trou dont on sait que le fond est moelleux. J'ai croisé des rabbins qui dansaient. Un gospel. Des quartiers en fête. Des milliers de mains comme autant de mères nourricières qui me tendaient de l'eau, un gâteau de leur confection. Des mains qui se tendaient vers le ciel. Des cris de joie comme si chaque mètre gagné leur appartenait un peu. Je n'écoute pas de musique pour que mes foulées soient régulières. C'est une musique intérieure qui se met en place. Une transe. Cet autre en moi, celui qui a tué Benoît, est là pour m'aider. Il me porte. Je suis si forte que sans doute oui maman tu as dû m'aimer.

C'est le second rendez-vous.

Mathieu retient ses pleurs. Je dois faire peur.

Il reste deux kilomètres. Deux tours du parc Monceau. Je l'ai fait enfant. Je peux y arriver. Chaque pas me blesse. Mon corps me fait mal. C'est une torture. Je dois parvenir à m'en extraire, à ne plus le sentir mais quelque chose me retient à lui. Je suis en vie. Je ne peux pas m'abstraire. Je voudrais parler à quelqu'un, cesser de ruminer des mots comme des psaumes psalmodiés pour continuer. C'est brumeux. Ma bouche s'empâte. Les gens autour crient, encouragent, me tendent de l'eau dont je m'asperge volontiers. Je mets un sucre dans ma bouche. Il m'écœure mais j'en ai besoin. Je suis Euclès, je me presse vers Athènes pour annoncer la victoire. La fin de la guerre !

Je sais que dans une autre vie, Benoît court près de moi. Il a la belle cinquantaine, son sourire éclatant. Il est fier de moi. Il a été là à chaque étape importante de ma vie. Quand j'ai cru aimer. Quand on m'a humiliée. C'est sa main qui se tendait à l'intérieur et me faisait tenir debout. Quand il fallait y croire fort. Quand il a fallu saigner.

Il a porté mes cartons quand j'ai divorcé. Il m'a fait danser. Il m'a protégée. Il m'a dit : Cours, cours, fuis si tu n'es pas heureuse. Il m'a dit d'être libre. Il m'a dit : Tu les emmerdes. Il m'a dit : Sois toi-même. N'aie pas peur. Il m'a dit : Emmène-moi avec toi. Il me dit : Je n'ai plus froid, je n'ai plus froid Amanda.

Cette autre vie me colle aux basques, là pour les derniers kilomètres.

Je crois entendre Noë qui me joue du violon. J'écrase les restes de mon enfance, sous chaque foulée, chaque respiration me gonfle d'autre chose.

Je termine en quatre heures et trente-sept minutes. Quand je franchis la ligne d'arrivée la tête me tourne et je vomis. Je vomis. Mathieu me rejoint, il me retrouve dans la foule, il est là. Je m'effondre dans ses bras. Il me caresse les cheveux, il les mouille de ses larmes, ma blondeur déjà en sueur. Il me dit : Tu es épuisée, tu vas te tuer, c'est de la folie. Et je sais que ce n'est pas l'épuisement qui me fait vomir. Je sais qu'il y a une vie en moi. Je sens intimement ce deuxième corps dans le mien et cette fois ce n'est pas mon oncle.

Je suis dans les embouteillages jaunes de New York quand je lui parle au téléphone. Sur le chemin du retour. L'avion est dans quelques heures. Elle me dit sans la moindre raison qu'on peut attendre un enfant dont le rhésus sanguin est incompatible avec le nôtre. L'enfant empoisonne sa mère en grandissant car plus il fabrique de sang, plus il abîme le sien. La femme ne porte plus la vie mais la fin de la sienne. On doit choisir ensuite. Attendre. Essayer d'amener le bébé au plus proche du terme avant qu'il ne nous tue, ou sauver sa peau. Elle rit. C'est glaçant. Mathieu me tient la main, je regarde Manhattan qui s'éloigne.

Benoît, je ne vais pas poser de pierre sur ta tombe. Je ne vais pas aller chercher de terre à

Madagascar. Je déposerai ce livre sur ton ultime demeure. Comme une fin. Comme une réponse. Comme une couverture.

Désormais, ce livre sera ta sœur. Tu me laisseras ma mère, je la reprendrai dans le monde des vivants. Ne viens plus hanter mes rêves. Va en paix.

Maman, je vais te donner ces feuilles à lire, cette demande d'écriture qui m'a dépassée. Je verrai alors ce que tu choisis en présence du rhésus dangereux que tu as créé. Quand il y aura un roman, tu auras le droit de vie et de mort dessus. Je ne sais pas ce qui nous sauvera. De me laisser être un écrivain ou de m'obliger à rester ton enfant. *Aina*.

Pour l'éditeur, le principe est d'utiliser des papiers composés de fibres naturelles, renouvelables, recyclables et fabriquées à partir de bois issus de forêts qui adoptent un système d'aménagement durable.

En outre, l'éditeur attend de ses fournisseurs de papier qu'ils s'inscrivent dans une démarche de certification environnementale reconnue.

Cet ouvrage a été composé
par Dominique Guillaumin à Paris
et achevé d'imprimer en avril 2012
sur Roto-Page
par l'Imprimerie Floch
à Mayenne
pour le compte des Éditions Stock
31, rue de Fleurus, 75006 Paris

Imprimé en France

Dépôt légal : mai 2012
N° d'édition : 01 – N° d'impression : 82308
54-51-9594/0